KB102981

힘들어도 괴롭진 않아

_원유헌의 구례일기

일러두기

※ 이 책의 내용은 2014년 7월부터 2016년 12월까지 한국일보에 연재한 〈원유헌의 구례일기〉에서 가려 뽑고 다듬어 구성하였습니다.

※ 이 책에 사용한 사진 중 차례 페이지에 사용한 사진은 케이머그 www.kmug.co.kr 디자인 자료실에서 ID 꽃비님의 사진을 무료로 제공받아 사용하였음을 밝힙니다.

힘들어도 괴롭진 않아

_원유헌의 구례일기

글 | 사진 **원유헌**

여는 글

주는 대로 먹고

시키는 대로

살고 싶지 않았다

내내 '왜 이렇게'였다. 다들 그렇게 산다지만 다들 그래야 하는 게 싫었다. 성인聖人을 배워 왔지만 그냥 성인成人이 되기도 버거웠다. 바보 같은 상식은 영악한 비상식한테 날마다 깨졌고, 권선징악은 드라마에만 있었다. 가끔씩 찾아오는 만족감은 든든하게 자리 잡은 부조리에 밀려났다. 약해 빠진 취중 푸념으로는 강건한 세상에 스크래치 하나 남길 수 없었다. 세상에 녹아 들어가자니 이미 늦어 버렸다. 내가 대적할 상대가 아니었다.

바보는 돈키호테 하나면 됐다. 나는 후퇴를 꿈꿨다. '제2의 삶', '인생 후반전', 별별 이름을 다 갖다 붙여도 내용은 똑같았다. 작전상 후퇴도 아니었다. 다시 돌아갈 생각도 없었다. 그나마 수년간 누울 자리를 보러 다녔고, 양지 바른 터를 마음에 담은 뒤라 든든했다.

'사직서' 내용은 기억나지 않지만 쓰는 과정 모두가 나에게는 성스러운 의식이었다. 멋지게 쓰기 위해 서너 장의 파지를 내고 마침내 조신하게 제출했다. 회사는 내가 떠나는 도시와 조직과 사람을 대신해 단절을 허락했고, 저질 자본주의에 대한 나의 항복을 승인했다. 2011년 8월, 나는 한국은행 앞에서 마지막 퇴근 버스를 탔다.

이후 7년은 내내 장미 숲이다. 언뜻 아름다운 가시밭이다. 사실 생각만큼 아름답지도 않다. 장밋빛은 핏빛이고, 사람들은 상처투성이다. 그래도 좋다. 빨리 가라고 하는 사람 없고, 그 길이 틀렸다고 하는 사람도 없다. 모든 게 내 맘이다. 내가 사장이고, 내가 기획실장이고, 내가 영업부장이다. 그러니 잘 될 턱이 없다. 잘 안 돼도 나만 괜찮으면 된다.

헌데 꼭 그렇지만은 않다. 사람들은 묻는다. "시골 살면 돈 안 들지?" "한 달에 백만 원이면 충분하지?" 남 얘기라고 막 던진다. 살아 보고 나서 같은 제목으로 책을 낸다면 대박날 거다. 식구가 있고, 아이가 학교에 다니면 아무리 아껴도 들만큼 든다. 가끔 짜장면 외식이라도 하고, 심사숙고 끝에 탕수육이라도 먹게 되면…….

한때 농촌이 미래의 블루오션이라는 얘기를 서슴지 않은 사람들도 있었다. 그때나 지금이나 그런 사람이 하는 다음 말은 듣지 않는다. "좋은 땅이 나와서 알려 드리는데 투자하시라구요." 하는 전화를 받을 때와 같은 마음이다. 좋으면 지가 하지.

내내 힘들고 내내 똑같다. 30년 전에도 그랬고 50년 전에도 그랬다고 한다. 옛날엔 돈 빌려서 리어카 샀고, 그다음엔 빚내서 경운기 샀고, 요즘에는 융자 받아 트랙터 산다. 일은 끝이 없고 잔고는 바닥이다. 사람들은 다시 묻는다. 그런데 왜 거기 사냐고.

맨 처음 정한 목표를 이루었다. 후퇴. 싫은 것과 거리 두기, 미운 사람 안 만나기, 나쁜 짓 안 하기, 돈 없으면 가만히 있기. 뒷걸음질만 한 건 아니다. 착하게 농사짓기, 많이 도와주기, 음악 듣기, 책 읽기, 마을 회관에서 밥 많이 먹기.

이곳의 힘은 사람이다. 사람들 덕에 산다. 어디선가 시골 인심에 대한 험한 소리도 들리고, 그런 사람들이 있는 것도 사실이다. 어디라고 그런 사람 몇 없겠는가. 어느 때는 그러려니 하고, 어느 때는 실망하면서 살아간다. 그러나 내게는 좋은 사람들이 조금 더 많다. 그 좋은 사람들도 누구한테는 미운 사람일 수 있다. 그래도 동짓날 팥죽 먹으러 오라고 하고, 대보름에 찰밥 먹자고 전화 주고, 자기는 두 개 있으니 일단 하나 갖다 쓰라고 하고, 품삯은 됐으니 밥 먹자고 하며 아들인 듯 동생인 듯 대해 주는 사람들. 다 내 편이다. 그 덕에 산다.

없는 듯이 살다가 온지 모르게 가는 게 꿈이었다. 그러다 호구지책으로 썼던 어쭙잖은 글이 책이 됐다. 조용히 산다면서 나팔 부는 꼴이 됐다. 졸필을 용서하고 연재해 준 한국일보와 이야기를 만들어 준 이곳 구례 사람들, 내내 함께 해준 가족 덕분이다. 글에 나오는 모든 등장인물이 은인이다. 앞으로도 꾸준히 그들 덕을 보며 살 계획이다.

_ 2018년 봄, 구례에서 원유헌

"

아, 보리방아 찧을 때
옆에서 머리만 까딱기래도
힘이 된다고 안 헙디까.

"

1부
여름, 풀은 못 이기는 벱이여

함부로 내려오지 마라

"모내기 끝내면 논농사 반은 끝난 거여."라는 어른들 말씀에 조금 쉴 수 있으려니 했는데 또 속았다. 3년째 착각이다. 하지 무렵, 비 오기 전에 감자도 캐야 하고 메주콩도 심어야 한다. 그 사이 풀들은 아들놈 키만큼 잘도 자란다. 풀숲에 숨어 있는 울금을 구출하고 옥수수만큼 커 버린 명아주도 뽑아야 한다. 에일리언처럼 생긴 쇠비름은 쥐눈이콩밭을 덮어 가고 있다. 조금만 기다려라 이 잡초들아. 내가 콩만 다 심으면 너희들을 발본색원해 주마.

앞치마에 씨앗 콩 담고 밭으로 나섰다. 윗밭 장씨 아저씨한테 경운기 빌려 곱게 갈아 놓은 밭이 깔끔한 모습으로 기다린다. '요까짓 거 반나절이면…….' 호기 넘치게 시작했지만 몸 둔하고 손 느린 내게 만만한 일이 어디 있겠나. 무심한 태양만 뜨거운 마음으로 친구해 줄 뿐 통 진도가 나아가질 않는다. 머리에 뒤집어쓴

수건은 이미 흡수력을 잃었고, 허리를 숙일 때마다 눈에서 레이저를 쏘듯 땀방울이 떨어진다. 잠시 쉬는 동안, 계산하는 버릇이 또 발동된다. '두둑이 15미터씩 마흔네 줄이니 대략 600미터, 콩은 40센티미터 간격으로 심으니 허리를 1,500번은 숙여야 한다 이거지.' 계산해 보니 더 힘들고 호미를 확 던져 버리고 싶다. 물 마시러 가기도 귀찮고, 콩 주머니도 무겁다. 밭에 주저앉았다. '근데 내가 왜 이 힘든 일을 해야 하는 거지?' 나한테 따져 묻는다. 따져 보다가 서울을 떠나던 때를 떠올린다. 딱 3년 전이다.

'사직서' 라는 글씨를, 그것도 한자로 최대한 정성스럽게 써서 내니 기분은 최고였다. '잘 있거라. 나는 간다.' 고 외치고 싶었지만, 소심하게 입 모양만으로 뻐끔거리고 회사를 떠났다. 몇 년간 아내와 전국의 시군 절반은 돌아다닌 끝에 근사하진 않지만 살아갈 땅을 얻었다. 지리산 노고단이 보이는 곳에서 드디어 내 맘대로 살 수 있게 된 거다.

이사 하던 날은 느낌이 묘했다. 서울 말고 다른 곳에서는 살아본 적도 없는데, 부모 친지도 없는 천 리 타향으로 떠나려니 이전에 없던 착잡한 마음이 들었다. 짐을 싣다 보니 트럭이 넘쳐 침대도 버리고 이불장도 놔두고 떠나야 했다. 바깥공기는 묵직했고, 가족이 탄 차 안 공기는 더 무거웠다. 이웃이 싸 준 김밥이 그새 말랐는지 아내가 입에 넣어 줄 때마다 목이 멨다. 차마 싫다는 말도 참아 왔던 아들은 비 때리는 차창에 기대 소리 죽여 울고 있었다. 흡사 쫄딱 망해서 야반도주하는 가족들처럼 말수 줄이고 애써 웃음 지으며 달렸다. 지리산이 좋다고 걸핏하면 내달리던 길이지만 색깔도 무게도 달랐다.

어스름 끼고 도착한 동네에는 비가 추적추적 내렸다. 마을 어귀 회관에는 아무도 보이지 않았고, 비 맞은 고양이들만 두어 마리 돌아다녔다. 서운했다. 환영 플래카드나 박수로 맞아 주길 바란 건 아니지만 관심도 없는 건가. 밴댕이 소갈딱지로 울컥하며 마당에 들어서니 어르신들 20여 분이 비를 맞으며 서 계셨다. 두 시간 전부터 그러고 기다리셨단다. 저녁때가 다 돼서 도착하는데 짐이라도 옮겨 주겠다고. 포장 이사 직원들의 날렵한 움직임에 한 발 물러선 뒤로도 계속 마당을 떠나지 않으셨다. "톱 없나요?" 여쭤보면 어느새 톱질을 하고 계셨고, 저녁때가 되니 김치찌개가 배달됐다. 정신이 없어서 그렇지 배고플 거라고. 느낌에도 양이 있다면 그 하루에 1년 치 감정을 다 겪은 듯했다.

동네 어르신들은 우리 가족에 대해 궁금한 게 많으신 듯했다. 아는 사람도 없다믄서 왜 구례로 내려왔나? 아직 젊은디 왜 내려왔는가? 뭘 먹고 살란가? 돈이 많아서 놀며 쉬며 하려고 내려온 건가? 귀촌이 아니라 귀농을 한 거이라고? 농사도 안 지어 봤담서

풀밭이 아니다.
잡초와 고구마 이파리가
치열하게 자리다툼 중인
고구마밭이다.
다행히 빈자리를 선점한
고구마가 이기는 형세이다.

어치케 농사를 짓겄다고 설치는가? 어르신들의 시선엔 연민과 우려의 감정이 가득 담겨 있었다.

사실 어르신들의 문제 제기는 정확했다. 마흔다섯 살이면 아직 대처에서 왕성하게 돈을 벌어야 할 나이였다. 경치는 좋다지만 시골은 여전히 벌어먹고 살기엔 만만찮은 곳이다. 그렇다고 내가 모아 둔 돈이 많은 것도 아니었다. 게다가 농사를 지어서 먹고 살겠다니. 당신 자식들도 내려온다면 결사반대 막는 판에.

농사는 어르신들이 걱정하신 것보다 더 어려웠다. 손가락 까딱대며 힘들답시고 엄살떨던 도시 생활과는 달라도 너무 달랐다. 논에선 잡초가 벼를 삼키고, 밭작물들은 벌레가 지나간 자리마다 이파리가 스타킹처럼 변했다. 친환경 운운하는 초짜에게 "농사 박사라도 그렇게는 힘들어." 하시던 동네 분들은 "풀은 못 이기는 벱이여." 덧붙이며 항복을 권유했다. 3년은 탐색 기간으로 삼자며 내려와 놓고선 너무 일찍 시작한 게 아닌가 싶어 슬그머니 회의도 들었다.

그러다 보니 귀촌한 사람들이 부러울 때도 있다. 그 사람들은 읍내 대형 마트에서 구입하는 물건도 다르고 물건을 싣는 차도 달랐다. 귀촌한 사람들을 어떻게 알아보느냐. 이곳 친구 하나가 우스갯소리 삼아 말하기를, 머리를 길러 뒤로 묶었거나 수염을 일부러 길렀거나 개량 한복 입었으면 대부분 귀촌한 사람들이란다. 모두 그렇다는 건 아니지만 귀촌한 사람들은 그만큼 여유도 있어 보이고 여기 표현으로 '깨꼬롬하다'는 얘기다. 허나 어쩌겠는가. 나는 그만큼 사정이 안 되는 걸.

대기업이나 공공 기관이 대규모 명예퇴직을 시행한다는 뉴스만 나와도 가슴이 철렁한다. 잘나가는 곳이니 퇴직금도 많을 것이고, 그 중에 적잖은 사람이 귀농이나 귀촌을 생각할 텐데 구례도 선호 지역이니 내려와서 땅값만 훅 올려 버리면 어쩌나. 논을 조금 더 사야 하는데 또 오르겠네.

이것저것 생각하니 머리만 쑤신다. 두어 해 전 귀농해서 지자체 지원을 받아 대규모 시설 원예를 시작했던 후배가 실패를 이기지 못하고 다시 올라갔다. 저리 융자를 지원받았지만 그렇다고 이자 안 물고 원금 안 갚아도 되는 게 아니니 모조리 빚이다. 달콤하게 받았지만 뼈저리게 갚아야 한다. 정부 농업 정책도 대농 중심이니 나 같은 소농에겐 햇살이 돌아오지 않는다. 농축산 시장은 열어젖히지 못해 안달이다. "농촌으로 내려가라."고 소리치지만 논이 3,000평 2015년부터 논 면적 300평 이상으로 변경 안 된다고 직불금도 안 준다. 논 열댓 마지기가 뉘 집 개 이름인 줄 아나 보다.

"눈이 게으르고 손이 보배여."

지나가시던 장씨 아저씨가 콩 심다 넋 놓고 앉아 있는 내게 소리치신다. 충고와 격려가 함께 담긴 말씀이다. 다시 가벼워진 호미를 들었다.

몇 달 전 후배가 찾아와 무겁게 호미질하는 내게 회사 생활이 힘들다며 물었다.

"형은 행복하세요?"

참 나, 내가 행복하지 않으면 어쩌려고 그런 질문을 함부로 하는 겨. 그런 건 드라마에서 전 여친의 새 남친한테나 묻는 거 아녀? 그래도 대답해 줬다.

"불행하진 않네. 힘들어도 괴롭진 않으니까."

그러자 다시 묻는다.

"마을 분들은 잘해 주세요?"

그걸 짧게 얘기해 달라고?

"말해 뭐 해. 그 덕에 사는데."

"그쪽에 땅 괜찮은 거 나오면 좀 소개해 주실래요?"

배산임수 좌청룡 우백호 떠들고 남향 따지는 놈한테 갈 땅이 남아 있겠냐.

"그럼 그래야지."

"내려올 때 뭐가 제일 필요하던가요?"

'돈 많아?' 물어보려다가 무겁게 답했다.

"절실함. 그거 없으면 내려올 생각 말아라. 힘들어도 그걸로 버틴다."

한 달 뒤 후배한테서 전화가 걸려 왔다.

"형 저 이민 가려고요."

덕분에 등 따습고 배부르게 삽니다

맘먹고 논으로 나섰다. 예초기와 부속 도구를 챙기고 물장화도 오토바이에 실었다. 논둑의 풀도 깎고 피도 뽑고, 오늘은 내 논에 몸을 묻으리라는 각오로 도착했다. 예쁜 주황색에 야들야들한 장화를 팬티스타킹 신듯 쭉쭉 당겨 가며 힘겹게 허벅지까지 올렸다. 남들은 쉽게 신는데 쓸데없이 굵은 다리 탓이다. 몸뚱아리가 도움이 안 된다. 마분지처럼 접기도 힘들어 쪼그려 앉는 일도 불리하다.

폭 30미터 길이 100미터. 후다닥 뛰면 1분 안에 논두렁 한 바퀴를 돌 만한 크긴데, 발 담그고 일을 시작하니 항공모함만 하게 보인다. 진도가 나가질 않는다. 위는 더워도 발은 시원한 것이 논일이건만, 날이 뜨거우니 물도 뜨듯해서 기분까지 밍밍하다. 논일을 해봐야 농사가 뭔지 알게 된다던 동갑내기 친구의 말이 하루에 열

두 번씩 떠오른다. 웃으면서 얘기하기에 가벼운 뜻인지 알았는데 지내고 보니 슬픈 암시였다. 쌀 미米자가 여든여덟 번八十八 손길이 가야 한다는 뜻이라더니 얼추 맞을 듯하다.

기우뚱거리는 몸을 되잡아 가며 움직이자니 논고랑 두 번 왕복에 벌써 다리가 후들거린다. 논 중간에서 퍼질러 앉을 수도 없고 해서 논두렁으로 기어 나왔다. 나무 그늘까지 가기 힘들어 그냥 다리만 뻗치고 앉았다. 쉬는 꼴이 보기 싫었는지 해는 지글거리고, 풀숲도 아닌데 모기가 날아다니며 괴롭힌다. 남원 사는 후배가 그랬다. "나중에 조물주 만나면 한번 물어보려고요. 도대체 모기는 왜 만들었냐고."

먼저 만나는 사람이 물어봐서 알려 주자고 맞장구를 쳤지만, 생각해 보니 조물주한테 혼꾸멍이 날 것 같았다. "너희는 왜 태어난 것 같으냐. 내가 너희 인간들도 만들었는데 뭘 못 만들겠냐! 사람은 모르고 돈만 아는 것들아." 질문은 그만두기로 했다.

땀방울 떨어져 다초점 렌즈가 된 안경을 벗어 대강 닦아 다시 쓰고 노고단을 바라봤다. 저만치서 내려오던 최신형 9인승 SUV가 속도를 줄이더니 창문을 스르륵 내린다. 얼굴 절반만 한 선글라스를 쓴 여자가 이쪽을 손가락질하며 아이에게 뭐라고 설명을 한다. 에어컨 바람이 밴 목소리가 들리는 듯했다.

"얘야, 저기 저 아저씨 봐라. 어렸을 때 공부 안 하면 이렇게 더

운 날 저렇게 힘든 일 하고 살아야 된단다. 저 아저씨 아마 겨울엔 춥게 살걸?"

어떻게 알았을까. 겨울날 기름 값에 벌벌 떨면서 방에서도 점퍼 입고 지내는 걸. 시커먼 선팅 창이 올라가면서 리무진이 다시 속도를 올렸다. 괜히 혼자 언짢았다. 아이들은 부모의 뒷모습을 보고 자란다는데, 내 뒤태는 어떤 모양일까. 아들 선재는 이런 아빠한테 눈길이나 주고 있는 걸까. 난 잘 살고 있는 건가.

전화벨이 울렸다. 손이 젖어 입술로 폴더를 젖혀 보니 동네 형님이다. 기계로 논 갈고 모내기해 주셨는데 품삯을 아직 못 드렸다. 미안해할 일이 아닌데 미안하다며 급히 쓸 데가 있다고 입금 좀 해달란다. 일곱 마지기니까 77만원. 뭉텅이 돈이다. 어젯밤 아내와 가계부를 확인하면서 올해는 흑자로 전환할 수도 있겠거니 했는데 갑자기 자신이 없어진다. 작년엔 저온 저장고에 관리기에 고정비용이 많이 들었지만, 올해는 좀 나아지리라 예상했는데. 적자 폭만 줄이면 되지 뭐. 쉽게 타협했다.

조금 더 논을 헤매다가 점심때가 지나서 집으로 향했다. 또 벨이 울려 오토바이를 세우고 보니 선배 이름이 뜨는데 딱 봐도 10분짜리 통화였다. 스스로를 '형'이라 칭하며 다 줄 것처럼 얘기하지만, 술값 낼 때면 어김없이 잠드는 사람이다.

"어이, 유헌이! 잘하고 있지?"

군대에서도 직장에서도 고참들이 제일 많이 쓰는 말이고 내가 제일 싫어하는 말이다. 뭘 잘하냐는 건지. 내가 뭘 하고 있는지나 알고 묻는 건지 모르겠다.

"형이 한번 내려가야 되는데 미안하다야."

미안해하지 않았으면 좋겠는데 꼭 그런다. 자랑 반 한탄 반 수다를 이어 가더니 막판에 후렴구처럼 덧붙인다.

"형도 꼭 내려갈 거야. 먹고 살 것만 해결하고 애들 대학만 마치면 너 있는 데로 갈게. 두 가지만 해결되면 바로 갈 테니까 땅 잘 봐둬."

두 가지만? 그 두 가지가 전부 아닌가? 그럼 나는 둘 다 포기하고 내려온 걸로 보이나?

싱숭생숭한 마음으로 집에 들어서니 동네 어머니들 너댓 분이 마당을 차지하고 앉아서 집안 텃밭에서 거둔 돔부콩동부을 뜯어내고 계셨다.

"원샌, 논에서 인자 오시오?"

이곳에선 남자들을 호칭할 때 성 뒤에 '샌' 자를 붙이고, 성씨가 같을 땐 여자들의 택호로 구분한다. 아내가 '서울떡댁' 이니 나는 '서울 원샌' 인 셈이다.

"아이고, 어찌까. 힘들어서잉."

우리 집 마당에 동네 어머니들이
텃밭에서 딴 돔부콩과 강낭콩을 정리하며
웃음꽃을 피운다. 네 집 내 집이 따로 없는
소녀 시절로 돌아간 모습 같다.

"애쓰셨소. 근디 선재 즈그 어메도 없드마 밥은 어쩌셨소?"

이 분 저 분 한마디씩 하신다.

"예 알아요. 제가 대강 챙겨 먹을게요. 근데 엄니들은 어쩌자고 이러고 계신대요. 그냥 놔두세요. 저희가 알아서 할게요."

"알아서 뭘 할 줄 안다고. 우리가 놀아감서 시나브로 할란께 신경 쓰지 말고 언능 들어가 뭐라도 잡솨."

대강 챙겨 먹고 입만 헹구면서 다시 마당으로 나왔다. 어머니들은 뙤약볕 아래서 손은 바삐 움직이면서도 연신 농담에 웃음을 이어 가셨다. 흩어진 콩깍지라도 치우려고 빗자루를 들었더니, 어머니들이 큰소리를 내신다.

"원샌은 얼렁 나가서 일봐요. 여그는 신경 쓰지 말고."

어? 여긴 우리 집이고 콩도 우리 콩인데.

"그래도 엄니들만 이러고 계시면 어떡한대요."

반발했더니 더 큰소리를 내신다.

"아 금매 여그는 우리가 알아서 헌다고. 원샌은 일이 많은께 얼렁 나가시랑께요!"

혼을 내시는데 명치가 먹먹하다. 말만이 아니라 진짜 어머니들이시다.

저녁을 먹는데 선재가 도서관에서 먹은 저녁 값을 보충해 줬으면 했다. "줘야지." 하면서도 그깟 푼돈에 머릿속에서 가계부가 넘어갔다. 서울 살 때에 비하면 선재에게 드는 돈은 절반도 안 된다. 학교에 가져가는 돈이 없고, 학교에서 진행하는 예체능 방과 후 수업도 종류와 질적 측면에서 뒤지지 않는다. 기타, 바이올린, 수영에 골프까지 어쩌면 선재에게 감지덕지한 게 많다. 방학 때 캠프며 현장 학습까지 편하게 다녀오는 걸 생각하며 자위를 하는데 선재가 이런다.

"난 엄마 아빠만큼만 살면 좋겠어."

뜬금없다. 얘가 왜 이러나. 공부고 뭐고 다 포기하겠다는 건가. 당황하지 않고 차분하게 물었다.

"왜 그런 생각을 하는데?"

선재가 담담하게 얘기한다.

"그냥. 우리 정도 사는 것도 쉬운 일이 아니더라고. 서울 살 땐 누구나 그렇게 사는 줄 알았어. 여행도 다니고, 보고 싶은 영화도 보고, 가끔 좋은 데 가서 맛있는 것도 먹고. 근데 여기 와서 보니까 못 그러는 사람들이 더 많아."

고마웠다. 아무리 얘기해도 실감하지 못했을 것을 체감하고 있는 거다.

"그리고 엄마 아빠 사는 방법도 괜찮은 것 같아. 사람들이 칭찬도 많이 해."

으쓱했다. 선재한테 들킬까 봐 어깨에 힘을 빼고 물었다.

"어떤 분들이?"

"선생님들도 많이 말씀하시고 동네 어른들도 그러셔. 엄마 아빠 훌륭한 분이시라고."

목이 다시 움츠러들었다. 착하게 살자고 맘은 먹었지만 '훌륭' 정도는 아닌데.

어쨌든 며칠 내내 기분이 좋았다. 선재가 의사나 변호사가 되기로 맘먹은 것보다, 좋은 성적표를 가지고 온 것보다, 엄마 아빠를 지켜봐 주는 마음이 고마웠다. 귀농한다고 했을 때 주변 사람들이 하나같이 걱정스레 물었다.

"애 학교는 어쩔 건데?"

우리한테 대놓고는 용감하다고 표현했지만, 뒤로는 무책임한 부모라고 욕하는 말이었다. 아니다. 어차피 강남 학원가로 이사 갈 수 없었고, 고액 과외 시킬 능력도 안 되는 바에 사람들과 어울려 살아가는 법을 배우는 것이 더 중요하지 싶었다. 교육의 목적이 남들 다 하는 걸 더 잘하길 바라는 거라면 아이에게 너무 가혹하다. 그저 욕심이 있다면 해야 할 일은 무릅쓰고 하고, 해서는 안 되는 거라면 기어이 하지 않는 사람이면 좋겠는데…….

잠자리에 누워서 이런저런 생각을 하다 보니 내려오기 전 아내와 나눴던 얘기가 떠올랐다.

"우리, 시골 가면 한 달에 얼마가 필요할까?"

"글쎄, 얼마나 줄여서 살 수 있을까?"

아무런 근거도 없이 시골에 살면서도 영 모르겠는 얘기를 주고받다가 아내가 그랬다.

"뭐 버는 만큼 살면 되겠지."

그게 답이었다. 가늘고 길게 살자고 의기투합했더랬다. 물론 살다 보니 돈이라는 것이 꼭 귀신같아서 슬쩍 보였다가 없어지기만 잘한다. 도무지 수중에 남아 있는 법이 없다. 그저 돈 때문에 시달리지만 않고 살기를 바랄 뿐이다.

이 곳 어르신들은 '돈을 산다'는 말씀을 자주 한다. 아까 마당에서도 한 어머니가 "이 콩 남으믄 장에 가서 돈 살 거여?" 물으셨다. 처음엔 무슨 말씀인가 했지만 이제는 나도 자주 쓰는 말이다. 돈도 물건이랑 똑같아서 물건 주고 바꿔 오는 것에 불과하다는 뜻이 담겼다.

"그까짓 거 돈도 있으면 있는 대로, 없으면 없는 대로 쓰면 되제. 한두 번 굶고 살아 봤나." 요즘엔 절대 끼니를 안 거르시는 윗밭 장씨 아저씨가 자주 하시는 말씀이다. "돈을 쓰고 사니 없어지지 저절로 없어지나. 시골이 안 쓰고 살기 유리하다는 거지." 덧붙이신다.

생계와 교육, 두 토끼를 다 잡아서 내려오겠다는 그 선배는 언제쯤 내려올까. 내려올 수는 있을까. 토끼 한 마리 제대로 못 잡은 주제에 남 걱정하고 있는데, 선재가 방에서 부른다.

"아빠, 등 좀 긁어 줘."

오랜만에 한 이불에 누워 긁적거리고 있는데 묻는다.

"아빠는 좌우명이 뭐야?"

갑작스러운 질문에 떠오르는 건 '잘 먹고 잘 살자.' 인데 그럴 수는 없었다.

"휘두르진 못해도 휘둘리진 않는다!"

선재가 뭔 얘긴가 싶은지 잠시 있더니 말한다.

"오, 멋진데! 아빤 어떻게 그런 생각을 해?"

어떻게 했겠니. 어디선가 주워들은 거지.

"책을 많이 읽고 생각을 깊게 하면 돼."

교육상 뒤태 관리에 들어갔다.

어느덧 잠이 온다. 누워 있는 등이 따숩고 배가 부르다. 마당에 계셨던 어머니들이 이부자리처럼 든든하고 고마운 건 알겠는데, 토끼라도 댓 마리 잡아먹은 듯한 이 포만감은 뭘까.

농사가 자연이라고?

농막에 들어서서 예초기를 내려놓는데, 라디오에서 나오는 음악이 경쾌하다. 어라? 팝송인데 뭔 말인지 알겠다. 어, 원유헌이! 살아 있네! 혼자 쓰다듬으며 대강 들어 보니, 순간순간에 의미를 두고 쉽고 가볍게 살자 뭐 그런 얘기다. 유명한 가수인데도 어려움이 많았던 모양이다. 30대 나이에 그냥 맘 편한 것이 최고라고 하는 걸 보니 말이다. 우리나라에서 그런 가사로 노래 만들었다간 내 처지랑 비슷해졌을 게 뻔하다. 모름지기 '사랑하기 딱! 좋은 나이' 정도는 가르쳐 줘야 좀 나가는 거지.

또 커피 타령하는 DJ의 촉촉한 목소리를 뉴스로 돌려 버렸다. 뉴스 아나운서는 맨날 우울한가 보다. 시종일관 슬픈 목소리다. 세상 돌아가는 모양이 슬프지 않다고 할 순 없지만, 가끔은 좀 아까 그 DJ처럼 이유 없이 낭랑하게 읽어 내려가면 안 될까. 내용까지 우중충하니 다시 채널을 돌리고 싶어진다. 그때 휴대 전화에서 그나마 경쾌한 메시지 알람이 울렸다. '친환경 시험장에서 발효식품 효능 및 제조 기술에 대한 교육이 있사오니…….' 몇 해 전 교육이 생각났다.

농사도 아직 별 게 없었고 시간은 많고, 식충이로 앉아 주머니만 비우느니 뭐 하나라도 주워들으려고 수개월 동안 일주일에 한 번씩 열심히 등교했다. 마침내 졸업장 옆에 차고 사각모에 가운 입고 사진도 찍혔다. '친환경 농업 대학' 이었으니까. 그런데 사실 수업 시간에는 대부분 멍청이로 앉아 있었다. 강의 내내 교수님들 얼굴을 뚫어져라 쳐다봤고 말씀에는 귓바퀴가 찢어지도록 귀 기울여 봤지만 도무지 해석이 안 됐다. 외국 유학하는 심정이었다.

이런 식이다. "다비 재배하면 도장지가 다량 발생해 유인을 해주더라도 동계 전지할 때 수형을 잡기 힘들어요." 혹은 "과습하면 열과가 발생할 수 있으니 추비 시에 에누피케이의 비율을 적절히 해야 합니다." 하는 식이다. 통역해 볼까. "거름을 지나치게 주면 웃자라는 가지가 많이 생겨 휘어 주더라도 겨울 가지치기할 때 나무의 모양을 잡아 주기 힘들다." 또 "물기가 많으면 열매가 터질 수 있으니 웃거름 줄 때 질소, 인산, 칼륨을 알맞게 줘야 한다."는 말이다. 물론 지금이야 동시통역도 가능하지만, 그때는 일단 받아쓰기한 다음 집에 와서 인터넷 찾으며 야간 자율 학습을 해야 했다. 수도작, 출수, 휴립, 분얼, 중경 제초……, 이런 말을 알아듣는 도시 사람이 얼마나 되겠나. 분명 우리말 같은데 알아듣지도 못하고 뭘 모르는지도 몰랐으니 '아 농사 인생 쉽지만은 않겠구나.' 실감했던 때였다.

머릿수건을 벗어 두고 기름 떨어진 예초기에 휘발유를 부었다. 풀이 억세졌는지 두 시간도 안 돼 1리터가 동이 난다. 슬픈 아나운서는 또 안 좋은 얘기만 한다.

"12호 태풍 나크리가 서해 쪽으로 북상해 주말에……."

태풍 너구리가 겁주고 지나간 게 언제라고 또 나크리인지 뭔지, 이것들도 '으리' 형제들인가. 공자님 말씀이 생각났다. 나무는 조용히 있고자 하나 태풍이 그치질 않고, 잡초는 뽑아 주려 하나 손길 기다리지 않고 무성해지는구나. 망할 것들.

사실은 이 망할 것들이 바로 '자연'이건만, 자연과 더불어 자연스럽게 살자고 하면서 자연을 원망한다. 가끔 TV를 보면 귀농에 성공했다는 사람이 멀쩡한 밀짚모자 아래 하얀 얼굴로 "자연에 파묻혀 살고 싶어서 농사를 결심했습니다." 이런다. 농사가 자연이라고? 뿌리랑 이파리만 있으면 그게 자연인가? 비닐하우스도 자연인가? 사람들에게 이로운 초목만 자연인가? 자기중심적이고 조금 오만하다는 느낌도 든다.

농사는 자연을 거스르는 일이다. 하나하나 사람 손이 가야 하고, 어울려 자라는 것들을 가르고 구분해 놓는다. 사람이 먹을 수 있는 건 곡식이나 채소라고 부르고, 도움이 안 되는 건 죄다 앞에 '잡雜' 자를 붙인다. 잡초, 잡목, 잡새, 잡놈……, 그중에서도 더 맘에 안 들면 해충이니 유해 조수니 하고 분류를 한다.

지난 봄 농장을 방문한 친한 누님이 감자 심을 밭에 천지로 핀 큰개불알풀꽃을 보면서 감탄해 마지않으며 물었다.

"어머어, 색깔두 예뻐라. 이게 무슨 꽃이야?"

"잡초!"

얼마 전에도 지나다가 그냥 들렀다는데 왜 또 왔는지 모르겠는 선배 부인이 들깨밭을 점령한 개망초를 보며 말했다.

"어쩜, 야생화 따로 구경갈 게 없겠네요. 저 하얀 꽃은 이름이 뭐예요?"

"잡초요. 맘에 드시면 다 뽑아 가셔도 돼요."

야생화 찾아 강원도 산골을 후비고, 천연기념물 한번 보겠다고 밤낮 안 가리던 내가 어쩌다 이리 됐을까.

나만의 멘토 장씨 아저씨가 농막으로 오셨다.

"뭐 허시는가."

"풀 깎았어요."

"깎아도 자라는 거 뭘 자꾸 깎는가."

애쓴다는 뜻으로 하시는 말씀이다.

봄이면 지천으로 피는 큰개불알풀꽃.
이름이 좀 민망하고
일본 이름을 번역한 것이라 하여
'봄까치꽃'으로 부르기도 한다.
어쨌거나 제아무리 귀하고 예뻐도
밭에 자라는 야생화는 농부한테는
'웬수' 같은 잡초일 뿐이다.

"아저씨 태풍이 또 올라온대요."

"태풍이 올라오제 내려가겄는가."

"또 감 다 떨어지겠어요. 올핸 좀 큼지막하겠는데……."

따끈하게 드린 커피를 원샷하시더니 "감나무 가지 두어 개씩은 끊어져야 가을 오제 공짜로 되겄는가." 하신다.

"아저씨 호박 하우스 또 무너지면 어쩌게요."

장씨 아저씨는 재작년 태풍 볼라벤에 큰 피해를 입었던 경험이 있다.

"어찔 꺼여. 다시 허먼 되제."

아저씨하고 말씀 나누다 보면 걱정도 시나브로 덜어진다.

"근디 자네 약은 안 헌다 치고, 비닐조차 안 허는 건 뭔 고집이단가?"

이번에 물으신 것이 열 번째쯤 되나 보다.

재작년, 딴에는 본격적으로 농사를 시작하면서 나름대로 원칙을 세웠다. 이른바 '삼불용三不用' 원칙이다. 농약이나 화학 비료를 치는 일, 사람을 사는 일, 비닐을 덮는 일을 하지 않겠다는 내용이었다. 아저씨도 농약이나 품을 사는 건 싫으면 그만이라고 치지만, 굳이 비닐까지 안 쓰겠다는 고집에 대해선 이해할 수 없다는 반응이시다. 사실 대부분의 농가가 보온과 제초를 위해 밭두둑에 검은색 또는 투명 비닐을 덮는다.

"아, 유기농으로도 인정받는 데 문제없고 잡초도 안 나고. 뭣이 싫은가. 풀도 못 이기믄서."

답답한 마음도 있고, 안쓰러운 생각도 드시나 보다.

사실 비닐을 안 쓰는 건 그냥 싫어서다. 솔직히 아집이기도 하다. 비닐 아래의 작물 뿌리가 여름내 축축하고 후끈거리는 땅 속에서 숨도 제대로 못 쉬고 열대작물처럼 자라는 것도 싫고, 겨울에 비닐이 아무데나 나뒹구는 모습도 싫다. 대신 볏짚으로 두둑을 덮어 주거나 뽑은 풀을 다시 덮어 주는데, 그걸 뚫고 나오는 놈들을 어찌할 수 없을 때는 풀한테 진 거다. 최후의 수단으로 통기성이 있는 제초 매트를 깔아 주기도 한다.

괜한 원칙은 세워서 제 발등 찍은 거 아닌가 후회한 적도 있지만, 뭔가 좀 달라야 내 농사를 짓는 재미가 있겠다 싶었고 예상은 얼추 맞았다. 자연 그대로 키울 순 없지만 그에 가깝게 키우려는 노력은 해봐야 하지 않겠나. 아저씨가 인사 대신 격려조로 "참 나. 용기가 가상타. 난 못 헌다."고 하시며 농막을 나서셨다.

"아저씨두 참, 풀하고 싸우는 데 뭔 용기까지."

라디오 속 슬픈 아나운서는 여전히 슬픈 얘기만 전한다. "쌀 관세화 결정에 따라 정부는……." 나도 슬퍼졌다. 이러다 나중에 이 나라에 휴대 전화와 자동차 공장만 남는 거 아닌가 걱정된다. 적게 먹고 작게 차지하는 사람들은 그냥 그대로 살게나 내버려 뒀으면 좋겠는데. 저 아래 논을 내려다보니 이삭거름 뿌려 주느라 여기저기 꼬물꼬물 움직이는 사람들이 보인다. 누구는 논 갈아엎고 누구는 거름 주나 싶겠지만, 대부분은 쌀 수입 개방의 여파를 실감하지 못한다.

다시 예초기 짊어지려는데 자연 농업 공부를 같이 했던 D 동생이 약초 달인 물을 좀 주겠다고 찾아왔다.

"동생, 쌀 관세화 되면 어떻게 될까."

사뭇 무거운 표정을 연기하며 물었다. 동생은 주저 없이 "행님, 관세를 매겨야 좋은 거 아니다요?" 한다.

"이봐 동생, 관세 두는 대신 수입을 개방하겠다는 건데?"

"아! 허긴 그거이 그 말이제. 행님, 농사꾼한테 뭐 나아지는 게 있었단가요. 다 그리 가는 거지라. 죽기야 허겄소."

죽기야 하겠냐만 죽지 못해 사는 데까지 가면 안 되지 않나.

"행님, 미리 걱정하지 마쇼. 농사짓기 점점 힘들어질 거 뻔하고 살기야 빡빡허겄지만 우리는 우리 꺼 곡식 만들 수 있잖애라. 난 걱정 안 허요, 행님."

동생아, 넌 노자 핏줄이냐 장자 친척이냐. 난 그래도 심히 걱정이 된단다.

여전히 뜨거웠지만 예초기 돌리며 명상이나 해야겠다고 다시 나섰다. 팔 토시 끼고, 장갑 끼고, 머리에 손수건 두르고, 안전 마스크 쓰고, 목에 수건 걸쳤다. 구름 한 점 없는 검푸른 하늘을 째려보며 밤나무 아래로 향했다. 밤나무 밭은 올해 한 번도 베지 않았던 곳이라 정글 숲이다. 엔진을 시동하고 날을 들이대니 특유의 풀 냄새가 올라온다.

안전한 곳이라고 여겼던지 여기저기서 꽤 많은 개구리들이 튀어 나오고 방아깨비들도 난리치며 날아다닌다. 기분이 이상하다. 어디서 본 장면 같다. 맞다. 영화 〈아바타〉다. 나는 먹고 살려고 남의 것 뺏으러 간 인류의 대표처럼 회전 날을 휘젓고, 개구리와 곤충들은 나비족처럼 죽기 살기로 도망친다. 그깟 풀 안 깎으면 어때서 누군가의 보금자리를 사정없이 부수고 있다. 내가 이래도 되는 건가. 영화를 볼 땐 나도 나비족 편이었는데.

그때 산까치 두 마리가 머리 옆을 스쳐 지나가더니 지척에 내려앉는다. 왜 그러지? 예초기를 계속 돌리는데 한 1분 간격으로 내 옆을 스치며 지나간다. 이건 위협이다. 놈을 마주 노려보니 시선을 슬쩍 비끼면서도 계속 이쪽을 향하는 게 영 거슬린다. 풀 깎기도 힘들게 스치는 거리가 점점 가까워진다. 아마도 근처에 집을 짓고 새끼라도 깐 것 같다. 그러려니 하고 계속 일하려니까 공격도 계속됐다. 왜 내 땅에 밀고 들어오느냐는 투였다.

'야이 잡새들아! 여기 내 땅이라구 임마! 3년 전에 사서 세금도 냈고, 계속 밤도 주웠고, 맨날 왔다 갔다 했거든!'

등기부 등본을 떼다가 보여 줄 수도 없고, 일단 후퇴하기로 했다. "그래, 그냥 여기는 니 땅 내 땅 없이 더불어 살자!" 하고 혼자 타협하고 고추 고랑으로 내려왔는데도 공격은 계속됐다.

그냥 쉬어 버릴까 하다가 저온 저장고 앞에 자리공 무더기라도 정리해야지 싶었다. 산까치에 당한 굴욕이 치밀어 굵지만 약한 가지들을 쳐나가고 있는데 머리 위에서 퍽! 뭔가 정수리 부근을 쏘시고 도망갔다. 말벌이었다. 예초기 벗어 버리고 마스크 뒤로 날리면서 농막으로 뛰어 들어왔다. 찬물로 쏘인 부위를 씻어 봤는데 통증이 커지고 가슴도 벌렁거렸다. 병원 가서 주사라도 맞아야겠다고 급하게 오토바이에 올랐다.

'병원 도착하기도 전에 혼절하면 어떡하지?'

별 상상을 다하면서 달렸다. 통증은 점점 심해졌다.

'아이고, 하느님! 자연이고 나발이고 오늘은 저부터 좀 살려 주세요.'

가슴은 소리가 들릴 정도로 쿵쾅거렸다. 식은땀 날리며 달리는 중에도 벌에 대한 적개심은 그칠 줄 몰랐다.

"이런 잡해충 같은 말벌 놈들, 내 싸그리 없애 줄 거다아!"

그러고 가면 속이 씨언헙디까?

"비 온디 뭣 헌가?"

동네 형님에게서 점심나절에 전화가 왔다. 내가 뭘 하는지 궁금해하는 의문문이 아니다. 술 한잔 하러 오라는 명령문이다.

"뭐 하긴요. 비 쳐다보고 있죠."

모처럼 재활용품 정리하던 내 입에서 말 같지 않은 대답이 나왔다. '어디로 갈까요?'라는 말인 줄 뻔히 아는 아내가 눈은 나한테 두고 고개만 살짝 돌린다. 흘기는 거다. 자칫 눈을 마주칠 뻔하다가 겨우 시선을 하늘로 돌렸다.

"웃몰 윗마을 형님이 어지께 밤에 멧돼지 잡았다네. 준비하고 있은께 오소."

통화하는 동안 아내의 움직임이 전혀 없는 걸 보니 여전히 눈이 마주치기만 기다리는 모양이다. 팔짱도 꼈을 거다. 자석처럼 끌려가려는 눈에 힘을 주며 버틴다.

"뭐 하던 게 있어서 마무리하고 올라갈게요. 뭐 필요하신 건 없대요?"

아내 눈치 좀 보다가 타이밍 잡아서 올라가겠다는 얘긴데 알아들었을까 모르겠다.

전화 끊자 아내가 일단은 좋은 말로 한다. 웬만한 악성 부사는 다 생략하고.

"힘들어하면서 이런 날이라도 좀 쉬어야 되지 않아?"

이 정도면 정말 좋게 말하는 거다. 이렇게 얘기해 주면 고맙기도 한데 무섭기도 하다.

"그냥……, 잠깐 거……, 그니까……."

말솜씨 있다는 소리 좀 듣는 편인데, 이런 상황에선 대명사와 접속사밖에 생각이 안 난다. 최대한 미안한 표정으로 슬리퍼에 발을 꽂는데, 아내 목소리가 더 낮아진다.

"많이 마시지 마. 몸도 안 좋으면서."

더 고맙고 더 무섭다.

"조금만 있다가 금방 올게."

오늘은 계속 말 같지 않은 말만 한다.

"어이 동생, 자네는 비 오는 날 몬자 전화허면 큰일 난단가. 어치케 꼭 성이 전화허게 만들어."

형님들은 별 게 다 서운한가 보다.

"형님 쉬시는 데 방해될까 봐 그러죠."

변명치고 궁색하다.

"이번 주말에 섬진강에서 물고기 좀 튀겨 묵을란디 제수씨랑 같이 가세."

한 모금 하고 술잔을 내려놓는데 형님이 한마디 더 한다.

"참 자네는 어째 술을 베 묵는가. 재주도 좋네이."

원샷이 기본인데 잔에 술이 남았다 이거다. 바로 마저 비웠다.

"주말에 손님 와요. 집사람이랑 친한 친구들이요."

소주잔은 간지럽다고 종이컵으로 바꿔 술을 따라 주며 형님이 말한다.

"자네 서울서 잘 살았는갑네. 넘들은 2년이면 대강 손님 끊기드마 뭐이 맨날 손님이여. 그만들 오라 그래."

칭찬인지 타박인지 모르겠지만, 어떻게 대꾸하기가 힘들다.

"그러게요……."

먹을 만큼 먹고서야 집으로 돌아왔다. 누군가와 통화하고 있던 아내가 나를 쳐다보더니 1초 만에 스캔을 끝내고 통화를 계속 이어 간다.

위_ 친구들과 계곡에서 막걸리 한잔.
달콤한 휴식이지만 지나치면 독이 된다는 걸 자주 깜빡한다.

아래_ 피아골 캠핑장에 놀러 온 아내의 친구가 저녁 식사에 우리 가족을 초대했다.
자연 속에서, 좋은 이들과, 적당히 즐거운, 그 순간이 참 좋다.

"아니야. 그건 됐고 혹시 대형 마트 갈 일 있으면……."

주말에 내려오는 친구에게 뭔가 사다 달라고 부탁하는 모양이다. 전화기 내려놓는 아내에게 말했다.

"남원이나 순천 갈 때 사면 되지 뭘 사오라고 그래. 부담 느끼게시리."

술김에 용감했다. 반격이 돌아왔다.

"뭐 필요하냐고 물어서 됐다고 그랬다가 얘기한 거야. 얘기 안 하면 뭐라도 사올 텐데 그러느니 필요한 거 말하는 게 나으니까. 당신 친구들은 물어보는 사람이라도 있어?"

괜히 용감했다 싶다.

"유헌 씨 친구들을 뭐라고 하는 게 아니라, 사실 내 친구들이 더 개념이 있는 것 같지 않아?"

개념? 뭐에 대한 개념? 그거 군대 용어인데? 아내가 군필자였나? 내 친구들은 개념이 없다고? 생각해 주는 게 다르다 이거겠지.

비 핑계로 하루 쉬려고 맘먹었는데, 안개처럼 뿌리던 비가 멎었다. 일하기 딱 좋은 날씨로 돌변한 거다. 한잔 걸쳤으니 몸은 풀어지고 눈이 쳐지기 시작했다.

"아, 참 내! 비가 온다고 했으면 제대로 와야지 왜 오다 말고 사람 불편하게 만드는 거야."

혼자 구시렁대는데 빨래 정리하던 아내가 들었나 보다.

"쉬기로 했으면 그냥 푹 쉬어. 오랜만에 낮잠을 자든지. 괜한 하늘에다 시비 걸지 말고."

나는 헛소리가 늘어 가고, 아내는 옳은 말만 늘어 간다.

농장 가서 고추에 뿌릴 약초라도 삶아야겠다 생각하고 터덜터덜 집을 나서는데 전화벨이 울렸다.

"유헌아, 나야. 이번 주말에 가족이랑 구례 내려가려고 그러는데. 별일 있냐?"

농사짓는 사람한테 별일 생기면 좋은 게 아니구만 3년 만에 처음 전화한 놈이 막말을 한다.

"별일은 없고 아내 친구들이 온대. 겹치겠는데?"

막무가내로 이어 간다.

"너네 농장에 농막 있다며. 비도 계속 온다는데, 거기서 고기나 구워 먹지 뭐. 구례 흑돼지 맛있다고 그러던데."

우리나라 사람들 DNA에는 고기에 대한 한이 서려 있나 보다. 못 먹고 사는 형편도 아니면서 집 나서면 고기 먹을 생각만 하고, 그것도 꼭 연기 피워 가며 구워 먹어야 성이 차나 보다. 생선회도 먹을 줄 아는데 회 떠오랴 물어보는 놈은 없다.

"불편할 텐데." 했더니 "괜찮아. 우리 캠핑을 하도 많이 해봐서 불편한 건 얼마든지 견뎌. 술 좋은 거 가져갈게 오랜만에 찐하게 한잔하자." 한다.

아내가 개념 운운했던 게 묘하게 들어맞는 느낌이 들어 언짢았다.

농장에 도착하니 못 보던 승용차가 한 대 와 있었다. 누가 왔나 했더니 D 동생이 고추밭에서 내려왔다. 약초 삶을 압력 밥솥 빌려 달라고 했더니 빨리도 왔다.

"고추 잘 되았네, 행님." 하며 내려오기에 "이건 웬 차냐?" 물었더니 "원래 있던 차요, 행님." 하며 씩 웃는다. "너 혼자면서 트럭 있는데 뭐 할라고 승용차가 필요하냐. 세금에 보험에 힘들겄다." 잔소리했더니 "안 그래도 팔라 그래요, 행님." 한다. 어머니가 반대하시는 걸 기어코 샀는데 사고 보니 괜히 샀다 싶었단다. 그러면서 "차 사서 끌고 갔더니 엄니가 뭐라고 허신지 아요?" 묻길래 "뭐라 그러시대. 연 끊자 그러시지 않든?" 했더니 그게 아니란다. 어머니가 차를 한참 보시더니 동생보고 "인자 속이 씨언허냐?" 물으시기에 고개만 끄덕였더니 등짝을 후려 때리시며 "되았다, 그먼!" 하고 끝내셨단다. 이 친구 뒤끝 없는 게 어머니 닮아서란 걸 알았다.

동생이 솥을 꺼내며 "이번 주에는 손님 안 온다요? 피아골 가서 백숙이나 먹게요, 행님." 한다. 솥을 받아들며 "잘하면 두 팀이다." 했더니 "행님, 인자부터 손님 오면 돈 받아요. 숙박비건 물값

이건. 고추 농사보다 낫겄네." 하는데 그냥 웃었다. 동생도 헛소리가 늘어 가는 걸 보니 나이를 먹나 보다.

"나 겉으면 주말마다 도망가겄네. 근디 손님도 가지가지죠 행님? 보기 싫은 사람도 있을 것인디……."

따져 보니 구례 내려와서 3년간 찾아온 손님이 500명이 넘는다. 못 가봐서 미안하다고 하는 사람이 아직 있으니 대기 중인 새 손님도 꽤 되는 편이다. 손님으로 맞이해 보면 도시에서 생활할 때는 몰랐던 면면을 알게 되기도 하지만, 대부분 깨진 바가지 어쩔 수 없구나 하게 된다.

아내가 얘기하는 '개념 손님'은 사실 몇 없다. 내 손님 중에 그렇다는 말이다. 그러면 대부분이 무개념 손님? 그렇진 않다. 전화 통화만도 반가운데 얼굴까지 보게 되면 찾아와 준 것 만으로도 고맙고 기쁜 일이다. 일부러 찾아온 게 아니고 지나가는 길에 들러 주는 것만도 짧아서 아쉽고 떠날 때 서운한 게 인지상정이다.

한번은 후배가 전화해서 "형, 출장 왔다 올라가는 길인데 들렀다 갈게요." 하기에 "그래라, 어딘데?" 했더니 "막 부산에서 출발했어요. 금방 도착해요" 한다. 어찌 예쁘지 않을 수 있겠나. 하긴 D 동생 말처럼 손님도 가지가지다.

시골에 필요할까 싶은 거 바리바리 챙겨서는 전화도 없이 슬쩍 농장에 들렀다가 물건만 놓고 가는 '마니또 손님' 도 있고, 논에 있으니 잠깐 농막에서 기다리라는 사이에 청소까지 해놓는 '우렁 손님' 도 있다. 다짜고짜 차에 타라고 하고는 자기가 아는 맛집에 데려가서 푸짐하게 먹여 주는 '먹방 손님' 까지 개념 손님도 가지 가지다. 그런데 극소수다. 그 외 대부분은 고위직 시찰형, 현지인 이용형, 거점 활용형, 먹고 죽자형, 눈치 제로형 같은 무개념 손님 들이다.

친분은 별로 없으나 한 다리 건너 아는 어르신은 전형적인 고위직 시찰형이었다. "얘기는 들었네. 불편한 건 없고?"로 시작해서 당신이 다녀 본 외국이 몇 나라고, 그 나라의 사례는 어떻고, 본인이 생각하는 귀농은 이래야 한다로 이어지다가 "여기 밥 먹을 만한 데 어디 있나?"로 마무리하신다. 그러고는 금일봉 대신 "그래, 내 지켜봄세."를 남기고 가셨다.

현지인 이용형들은 "어이, 우리 모임에서 한 2박 3일 단체로 그 쪽에 가려고 하는데 어디 좋은 데 좀 알아봐 줄래?" 하는 식이다. 예민한 여자가 몇 있으니 이랬으면 좋겠고, 갓난아기가 있으니 저랬으면 좋겠다고 수차례 추가 전화를 한다. 성수기 때라 어렵게 뚫어서 예약을 도와주니 저녁 자리에서 고마움을 표시한다고 꼭 같이 저녁을 먹자고 한다. 마지못해 가면 구석 자리에 앉혀 놓고는 열심히 지들끼리 놀다가 기분 쓰듯이 "아, 이쪽이 구례 사는 제 후밴데 우리 숙소와 일정을 도와줬습니다. 이 친구를 위하여 건배!" 한다. 그러면 여자들도 콧소리로 "고맙습니다아." 하고는 또 지들끼리 잘 논다. 이런 경우, 슬그머니 빠져나올 방법과 시기를 고르는 게 골칫거리다.

그 외 대다수는 "너 믿고 그냥 왔어. 화로랑 테이블이랑 의자만 좀 빌려 줘." 하는 경우와 1인당 고기 한 근과 3박 4일간 먹을 거리를 사서는 새벽 3시까지 조는 사람 붙잡고 숯불 연기 먹이다가 남는 건 하사품처럼 주고 가는 경우다.

간혹 여자 친구를 데려와서는 집에서 재워 달라고 떼를 쓰는 경우도 있다. 고기 구워서 저녁 잘 먹은 것까지는 좋았는데, 오랜만에 봤으니 집에서 한잔 더 하다가 자겠단다. "얌마, 여자 친구랑 여행 와서 이러면 안 되지." 나름 강하게 얘길 해도 "형, 저는 괜찮아요. 얼마 만인데 좀 더 놀아요. 얘기할 것도 많고." 못 알아듣는 모양이다. "그래도 이건 매너가 아니잖니. 벌써 12시다. 숙소 잡는 거 도와줄 테니까 나가자. 불편해." 구체적으로 얘기해도 못 알아먹는다. "형, 우린 불편한 데서 자도 괜찮아요. 내가 형 보러 왔지 뭐 여자 친구랑 자러 왔나." 이게 아주 먹통이다. 하긴 그 전에도 이해력에 문제가 있다 싶을 때가 많았지. "야이 자슥아! 니네가 아니라 우리가 불편해. 알아듣겠냐? 나랑 우리 가족이 불편하니까 나가서 자라고 이 ××야!" 이제야 이해가 되는지 씩 웃으며

나를 도우는 일손들이다.
겨우내 묵었던 때를 벗고
흙을 향해 출격 대기 중이다.
별의별 이름과 모양으로 세상에 나오지만
기능보다 존재가 중요한 친구들이다.

일어선다. 미안하지만 방법이 없다.

솥 주고 가던 D 동생이 단소 강습 일정을 알려 주며 "행님, 제가 강사니께 잘해 드리께. 이번에 함 배워 두시쇼." 꼬신다. 이번 꼬임은 넘어가 볼까 하는데, 동생이 씩 웃으며 덧붙인다. "행님, 손님들 땜에 너무 힘들어 마요. 우리 엄니 겉으면 뭐라고 했으까 생각허고 그리 허씨요."

그려, 엄니 따라서 나도 소리나 한번 질러 볼란다.

"어이 손님네덜, 구례 내려와서 좋은 공기에 좋은 물 마시고 편히 쉬다가 좋게 돌아가시면 좋겠소만, 배 터지도록 고기랑 연기 먹고 가니 속이 씨언헙디까? 되았소, 그먼!"

경우 없는 종자

낯설다. 아침, 오토바이로 농장 가는 길, 하늘 색이 진하다 못해 무겁고 차갑다. 비가 내린 끝이라 그런가. 폭탄 같은 비가 부산 창원을 통째로 집어삼키더니, 여기에도 허기를 남기고 간 건가. 반소매 틈으로 헤집는 공기도 다르고, 바지 자락 아래 양말 끝에 닿는 바람도 날카롭다. 시간과 계절이 무섭다 싶었다. 시원해서 좋아야 하는데, 한쪽 눈이 찡그려졌다. 순간 비에 파헤쳐진 웅덩이에 오토바이가 덜컹하며 혀를 깨물었다. 으, 쇳물 냄새까지 났다. 왠지 불길하다는 생각이 들려는데, 그 생각이 불길해서 아무 생각 않기로 했다.

냉장고에서 물 꺼내 벌컥거리며 시작하던 지난 주 아침과 달리 따뜻한 커피가 당겼다. 봄에 후배가 사다 준 240개들이 인스턴트 막대 커피가 열 개 남짓 남았다. 대부분 찬물에 타서 먹다 보니 마지막 한 모금은 꼼짝없이 설탕을 씹어야 했지만, 오늘은 따뜻한 물이라 잘도 녹는다. 컵 속에서 빙빙 도는 크림 자국을 보고 일이 잘 풀리려나 생각하며 우아하게 입을 갖다 댔다 그만 혀를 삶을 뻔했다. 오늘은 혀가 수난이다. 혀를 쭉 꺼내서 한참을 찬물에 담그고 나서야 진정이 됐다. 얼얼얼얼거리며 공랭식 냉각으로 마무리하는데 장씨 아저씨가 오셨다.

"자네 저 아래 감밭 김 씨 아나?"

가끔 지나가다 들러서 돈 자랑하는 그 김 씨를 말씀하시나 보다. 이웃에게 싸게 샀던 땅이 도로 부지로 수용돼 억대의 이익을 봤다고 다섯 번쯤 말한 그 김 씨.

"예, 알죠."

커피 한 잔 타서 드리며 대답했다.

"거 아주 경우가 없는 사람이여. 가끔 자네랑 이야기 나누데만 너무 친한 척 말어."

커피를 한 모금 하시려던 아저씨가 조금 전 나처럼 몽땅 뱉어냈다.

"경우가 어떻기에요?"

여쭤봤다.

"저놈이 몸 아픈 즈그 어메 모시기 싫어서 요양원에 델다 놓고는 생전 가보도 않고……."로 시작해서 마을 일에 협조 안 해 애먹었던 일, 자녀들이 속 썩여 '그 애비에 그 자식'이라고 욕먹던 일, 말은 얼굴처럼 번지르르해서 아줌마들깨나 꼬셨던 일까지 길게 이어졌다. 사실은 이 말씀도 세 번째였지만 처음처럼 들었다. 아저씨가 반복 강조하시는 이유는 따로 있었다.

"아 금방도 차가 마주쳤는디 이눔이 나보고 후진하라고 버티더라고. 지는 쫌만 내리가면 비킬 디가 있고 나는 쩌 우에꺼지 빠꾸로 올라가야 된디, 나이도 어린노무시키가 말여. 경우가 아니제. 안 근가?"

시골에 내려와서 자주 듣는 단어 중 하나가 '경우'라는 말이다. 참 좋아하는 말인데 대개 '경우가 밝다' 혹은 '경우에 어긋난다'고 말하지만, 여기서는 '경우가 있다 없다' 혹은 '경우가 아니다'라고 말씀들 하신다. 사전에 나오는 '이치'나 '도리'와도 어감이 다르다. 법령이나 규약보다도 더 강력한 힘이 있기도 하다. 가령, 마을에서 농사 문제로 다툼이 일었을 때 법적으로는 아무 문제없지만 어르신들이 한쪽에 대해 "그건 경우가 아니제." 하시면 그걸로 끝난다. 지역이나 마을의 역사와 내력, 습관 등이 고스란히 담긴 말이다. '지금까지 여기서는 그렇게 살아오지 않았고, 그런 때는 이렇게 해왔으니 당연히 이렇게 하는 게 맞거늘, 법으로 따져서 우기고 싶으면 우리 마을에서 더 이상 지내기 힘들 겨.' 뭐 이런 뜻으로 받아들이면 된다.

"근디 자네 고추 다됐는 갑데. 봤는가?"

무슨 말씀인가 했는데 밭으로 올라가 보니 고추가 초토화돼 있었다. 불과 이틀 전 한두 개 나무에서 탄저병 증상이 있는 걸 봤는데 사흘 새에 분무기로 뿌린 것마냥 병이 들었다.

"어! 아저씨, 엊그제만 해도 괜찮았어요. 어떻게 이래요?"

"순식간이라고 했잖어. 얼렁 뽑아 뿔고 그 자리에 무시나 숭거. 무시는 잘될 것이여." 아저씨의 위로와 충고로도 허탈함을 달랠 순 없었다. 아침에 억눌렀던 불길함이 이걸 예견했던 걸까? 웅덩이에 덜컹거리지 않았으면 고추도 멀쩡하지 않았을까? 별 생각이 다 스쳐갔지만 소용없는 일이었다.

아저씨는 밭을 내려가시며 "옛날 토종 고추는 탄저병 걸은 것이 없었는디, 요새 와서 이러는 이유를 모르겄네." 하셨다. 농막으로 향하는 건 얘기 좀 더 하자는 뜻이다.

"아저씨, 이제 토종 거의 없대요. 청양고추도 우리 꺼가 아니라는데요?"

"그먼 어디 꺼란 말이여. 청양이 우리 나란디."

"미국이 IMF때 사갔대요."

아저씨와 종자에 대한 얘기를 이어 가는데, 옆 마을 젊은 이장이 들어왔다.

"날 시원허니 일허기 좋그마 신선놀음이시네요." 하는데, 아저씨가 "신선이고 나발이고 큰일 났네, 이 사람아. 농사꾼들 이제 다 죽어야겄어. 씨앗 없으면 농사는 헛것이여." 걱정을 하신다.

앞으로 대책이 없으면 10년간 농산물 로열티와 종자값으로 8천억 원이 나갈 수밖에 없다는 얘기가 나왔다. 젊은 이장이 TV에서 본 얘기로 거들었다. 인도에서 병충해에 강하다는 면화 종자를 미국에서 수입해다 쓰기 시작했는데, 재파종농사로 수확한 씨앗을 다시 뿌리는 것이 안 되는 '불임 종자'였단다. 처음엔 쌌는데 20년간 종자 가격이 600배나 올랐고 지난 10년간 면화 농민 20만 명이 목숨을 끊은 것도 그 때문이란다.

"허어, 뭐이 이런 경우가 있다냐. 거그도 토종 씨앗은 다 없어졌겄그마."

아저씨가 한탄을 하셨다.

"옛말에 농부아사農夫餓死 터라도 침궐종자枕厥種子라고 했어. 농부는 굶어 죽을 지경이 돼도 씨앗을 머리 밑에 베고 죽을지언정 먹지 않고 지켰다는 말이여."

아저씨는 거의 모든 종자를 사다 심는 저간의 상황을 들먹이며 심란한 얼굴을 하셨다. 그래서 여쭤봤다.

"아저씨 콩 농사 많이 하시잖아요. 콩 심고 어떤 농약 뿌리면 콩 빼고 300가지 잡초가 다 죽는대요. 쓰실 만하지 않아요?"

아저씨는 정색을 하며 대답하셨다.

"그거 안 쓸 미친놈이 어딨단가!"

당황스러웠다. 다시 여쭸다.

"다시 심으면 안 되고 해마다 사다 심어야 되는데요?"

"나도 가끔 사서 심는디 뭐."

"아까 그 인도 사람들도 해마다 사서 심다가 그런 건데요?"

"에이, 그렇게까지 가면 안 되제. 근디 그놈들은 미국 정부여 아니면 회사여?"

설명을 드렸다. 몬산토라는 곡물 관련 다국적 기업인데 사카린을 개발한 회사라고. 제2차 세계 대전 때 화학 무기 만들어 팔았고, 베트남에 고엽제에이전트오렌지 뿌렸고, 농약 회사로 바꿨다가 20년 전부터 유전자 조작하는 회사라고.

"못된 짓을 대놓고 허는 놈들이네." 흥분하셨다. "청양고추도 걔네들이 가져간 거래요." 하자 일침을 가하셨다. "경우라고는 쥐오줌만치도 없는 놈들이그마." 그러고는 전망까지 덧붙이셨다.

"쌀 개방이 문제가 아니여. 필히 씻나락벼 종자 팔아묵을라고 날뛸 것이 틀림없그마." 언짢은 얼굴로 나가면서 말씀하셨다.

"무시 배추라도 잘 심어. 종자 잘 받고. 자네, 정신 차려!"

왜 나한테…….

고추밭 주변을 살피다 보니 올밤조생종 밤이 떨어지기 시작했다.

종자를 얻기 위해 씨앗이 될 마늘을 처마 밑에 걸어 두고
토종 앉은돔부콩과 강낭콩은 수확해 말리기를 반복한다.
종자는 농부한테 하늘과 같은 존재다.

밤나무 아래 풀을 예초기로 베고 있다.
일찌감치 떨어진 올밤(조생종)은 곧 다가올 추석 제수용으로 쓸 만하다.
본격적인 밤 수확은 9월 중순 이후 시작된다.

서둘러 예초기를 메고 올라가 밤나무 밑 풀을 베기 시작했다. 동네 어른들 말씀이 가을 밤나무 아래는 메뚜기 마빡처럼 깎아야 된단다. 풀숲에 숨은 밤은 찾기 힘들기 때문이란다. 바짝 깎으려다 보니 돌도 많이 튀고, 예초기도 자주 멈춰 섰다. 선선해졌다지만 움직이면 땀나긴 마찬가지다. 돌에 얻어맞은 정강이를 또 얻어맞아 막 문지르고 있는데 전화벨이 울렸다.

"선배, 우리 애가 방학 숙제를 하는데 논이랑 밭이랑 차이를 모르겠대요. 설명 좀 해주시면 안 될까요?"

기운이 빠졌다.

"너네 집에 인터넷 없니? 스마트폰이나."

아직은 대답할 기운이 있지만 얼마나 대답할 수 있을지.

"아, 농민이 직접 설명하는 걸 녹음해 가면 점수를 더 준대나 봐요."

기운이 더 빠졌다.

"농민 목소리는 유별나다디? 그냥 니가 하고 내 이름 달면 안 되니? 필요하면 주민 등록 번호도 알려 줄게."

후배는 질겼다.

"선배, 그냥 한번만 해주시죠."

꾹 참았다. "지금 녹음되는 거지? 그냥 평평하고 키 똑같은 게 많으면 논이고, 약간 비탈진 데가 밭이야."

갑자기 아이 목소리가 들렸다.

"논은 왜 평평하고 밭은 왜 비탈져요?"

애 엄마 목소리도 비슷하게 들리는 걸 보니 스피커폰 기능인가 보다. 지들은 멀찌감치 놓고 떠들고 나는 바짝 입에 대고 얘기하는 게 왠지 억울했지만 조금 친절하게 대답했다. "논은 나락을 키우기 위해 물을 고르게 담아야 해서 그렇고 밭은 물이 잘 빠져야 해서 그래요."

아이가 물었다.

"나락이 뭐예요?"

힘들었다.

"벼."

아이가 또 물었다.

"벼는 뭐고 쌀은 뭐예요?"

"벼 깎은 게 쌀."

힘이 드니 말도 짧아진다.

"뭘 심어야 쌀이 나와요?"

아이가 예쁘게 물었지만 하나도 안 귀여웠다.

"나락!"

대강 분위기를 읽었는지 후배가 통화를 마무리했다.

"선배, 고맙습니다. 농사 잘 지으시고요, 함 놀러 갈게요."

아니다, 그냥 전화가 났다 싶은 생각이 드는데 화가 올라왔다.

"야, 너! 전화 걸어서 통화 가능하세요 아니면 전화 받기 괜찮으세요 뭐 이런 거라도 물어보고 시작해야 되는 거 아니냐? 농사꾼은 뭐 맨날 풀이나 뜯고 있는지 아냐? 이 경우 없는 쉐키야!"

그때까지 바보처럼 메고 있던 예초기를 내리며 소리를 내질렀다. 잠시 뜸을 들이던 후배가 언짢은 투로 말했다.

"선배, 여기 스피커폰으로 하고 있었는데, 애랑 애 엄마 다 들었네요. 녹음도 됐고요. 수고하세요."

그랬다. 아침부터 혀가 씹히고 데인 데는 이유가 있었던 거다. 각별히 조심하라는 징조였는데. 남들한테 가르치듯 떠든 일을 다시 한번 돌아봐야겠다.

앞집에는 천사가 산다

8월의 산타처럼 프란치스코 교황 할아버지가 다녀가신 뒤, 뭔가 나아질 것 같던 세상은 곧바로 예전의 관성을 되찾았다. 뉴스 화면에는 맨날 빤지르르 머릿기름 바르고 새빨갛거나 시퍼런 배경 앞에 앉아 표정만 짐짓 심각한 사람들이 번갈아 가며 등장한다. 반면에 햇볕에 바랜 누런 배경 앞에 앉은 세월호 피해 가족들은 여전히 초췌하고 슬퍼 보인다. '단식'이면 몰라도 '폭식'이 정치 뉴스로 나오는 세상은 꿈에도 예상 못했다. 며칠 전 추석 때 생각 없이 먹어 댄 게 죄스럽기만 하다.

어떤 외국인이 자기네 나라는 심심한 천국이고 코리아는 재미있는 지옥이라고 했다는데, 이걸 확! 우리나라를 지옥이라고 한 것도 그렇지만, 넌 여기 돌아가는 꼴이 재밌냐? 불구경이 재미있는 건, 짜샤, 너는 강 건너에 있으니까 그런 거야, 임마. 알아들어? 확

군대에 입대나 시킬까 부다, 이씨! 흥분하면 안 된다. 식도염 도진다. 화내면 나만 손해다. 콩밭 풀이나 매야겠다.

바래기. 이름이 참 예뻤다. 만약 우리가 딸을 낳았고, 그 전에 이 이름을 들었다면 애 이름을 바래기라고 지었을지도 모른다. 큰일 날 뻔했다. 이 땅 300만 농민의 철천지웬수인 국가 대표 잡초의 이름이다. 콩밭을 위아래로 점령한 이놈들을 뽑으려면 두 손 두 무릎으로 기어 들어가야 한다. 이미 지표면은 바래기 세상이다. 놈들은 줄기를 뻗어 가며 마디마다 뿌리를 내리는 생존 방식을 자랑한다. 대강 잡아 뽑으면 꼬리 자르듯 툭 끊어져 주고 뻔뻔하게 잘 살아가는 모양이 아까 그 기름 바른 사람들을 닮았다.

생각 없는 콩대는 이놈들과 밤새 블루스를 추다가 자빠진 듯 얽히고설켜 바닥에 같이 드러누웠다. 조심스레 더듬으며 큰 뿌리를 찾아야 한다. 머리끄덩이 잡듯 손가락으로 몇 뿌리 감아 일어서며 쭈욱 잡아당겼다. 어렸을 적 〈전설의 고향〉에서 봤던 미친 여자 산발한 모습으로 질질 끌려 나온다. 길게 늘어진 풀을 둘둘 말아 망나니 머리처럼 뭉친 덩어리를 매실나무 아래로 내던졌다. 통쾌하다.

다시 바닥으로 기어 들어가려다 보니 모기가 한여름 가로등 아래 하루살이들처럼 버글거린다. 눈 감고 박수 쳐도 서너 마리는 잡히겠다. 내가 무딘 편인가. 그제야 온몸이 근지러운 이유를 알았다. 옛말 틀린 거 없다더니, 이번엔 확실히 틀렸다. 모기 입이 돌아갈 거라던 처서가 지난 지 한 달이 됐는데 얘들은 어떻게 회식 준비를 하고 있냔 말이다. 아니면, 입은 삐뚤어져도 피는 똑바로 빨라고 교육이라도 받았단 말인가. 그런 와중에도 옆에 계신 할머니는 허리를 허옇게 드러내고 상체를 콩밭에 파묻은 채 아랑곳 않고 풀을 뽑으신다.

"할머니, 아유, 이런! 모기 다 물려요."

옆에 가서 윗도리 잡아당겨 드리자 그러신다.

"냅둬요. 모구[모기]는 농사 안 진께 이렇게라도 묵고 살아야제."

간전댁 할머니, 앞집에 사시는 아내의 절친이다.

얼마 전 "선재 아빠, 혼자 그 일 다 못해요." 하시며 농장 일을 도와주러 오신다기에 "할머니 자꾸 그러시면 제가 맘이 불편해서 안 돼요. 동네 분들한테 저만 욕먹어요. 오지 마세요." 했다. 그랬더니 다음날 새벽 2킬로미터 거리를 걸어와서 토란밭을 정리하고 계셨다.

"할머니! 이제 농장 출입 금지예요!"

큰소리를 냈지만 오히려 할머니는 "안 델다 주면 걸어오면 되제." 하시며 협박성 웃음을 지으셨다. 그 뒤로도 여러 번 할머니와 비슷한 건으로 맞서 봤지만 번번이 패했다. 몇몇 분들과 어찌하면 좋을까 의논도 해봤지만 "어쩔 것이여."가 중론이고 "그냥 잘해

드리는 수밖에."가 대안이었다.

택호가 '간전댁' 이라 마을 분들은 보통 '간전떡 엄니' 라고 부르는데 아내가 '할머니' 로 부르고 싶다고 해서 우리만 그렇게 부른다. 그러잖아도 이사 온 초기에 동갑내기 이장이 "자네는 왜 간전떡 엄니를 할머니라고 부른가?" 물어 왔다. 농장에 놀러 와서 담배꽁초 아무 데나 버리는 것 빼고는 다 좋은 친구다. 알기 쉽게 설명해 줬다.

"이봐, 선재 엄마가 할머니라고 부르는데 내가 어머니라고 부르면 둘이 관계가 어찌 되겄나. 가뜩이나 웃집 할매가 아내보고 두 번이나 '이 집 딸래미여?' 물으셨다는데."

"그거야 자네랑 제수씨가 나이 차이가 많아 보인께 글제. 몇 살 차인디?

"까마득한 두 살."

이 친구 잠깐 머뭇하더니 "자네가 잘못했네." 하며 돌아선다. 내가 뭘!

어쨌든 간전댁 할머니는 우리에게 앞집 할머니 그 이상이다. 내려온 첫해 마당 텃밭에 감자를 심는데, 할머니들이 도와주겠다고 오셨다. 농사라고는 책으로 배운 것뿐이라 잘됐다 했더니, 간전 할머니가 오히려 나한테 물으시는 거다.

"감자를 엎어 심으까요? 뒤집어 심으까요?"

"감자 새를 이 정도 띄우면 되겄소?"

"두둑 옆으로 심고 북을 줄라요? 아니면 가운데 그냥 높이 심을라요?"

70년 경력의 베테랑이 초짜 신병인 나한테 방법을 물으시니 무안하기 짝이 없었다.

"할머니, 왜 저한테 가르쳐 주시지 않고 물어보세요?" 여쭤보니 "원샌이 생각헌 것이 있을 것인디, 어치케 내 맘대로 심는다요." 하셨다. '지극한 예禮는 물어서 하는 것' 이라고 했던 공자의 말씀이 실현되고 있었다.

"할머니! 물 한 모금 잡숫고 하시게요." 잠깐 쉬었다 하시자고 말을 꺼냈더니 "집에서 마시고 나왔는디 뭘 또 묵자그요." 하신다. 집에서 나온 지 서너 시간이 지났는데도 그러신다. 억지로 끌려오시던 할머니가 감나무 아래서 채 덜 익고 떨어진 대봉 감을 주우셨다. "이런 것도 장에 내 가면 다 팔렸는디." 하신다. 다른 해보다 많이 떨어져 버린 감을 아까워하시는 것 같아 맞장구를 친답시고 "시장에 한번 가져가 볼까요?" 했더니 "그때 사 묵던 사람들은 폴쎄 다 죽었제. 인자 이런 것이 팔리겄소?" 그러신다. 자주 무안스러워진다.

비 온 뒤 그저 한번 둘러보러 나오셨다는 간전댁 할머니.
내 그러실 줄 알았다. 잠시 둘러보시다가 이내 잡초 사냥을 하신다.
"잡초는 제가 알아서 할게요!" 소리쳐 보지만 할머니는…….
주특기인 묵묵부답으로 응수하신다.

농막에 들어와 선풍기 틀고 물 따라 드리면서 모기 욕을 늘어놨더니 할머니도 뭐라고 욕을 하시는 것 같은데 잘 알아들을 수가 없었다.

"예? 뭐라고 그러신 거예요?"

천천히 말씀하셨다.

"모구 댕긴다고 해싸도 우리가 없으면 느그 새끼들은 벌 볶아서 주왕에 찌끄러 논 거 맹키로 벌벌 떨 거이여, 그런다고요!"

다시 설명을 하시는데, 예전부터 내려오는 모기 입장에서 하는 얘기라신다.

"인간들아, 모기 많이 돌아다닌다고 욕하지 마라. 우리가 안 보일 때가 되면 너희 자식새끼들은 뜨거운 불에 볶은 벌이 오그라든 것처럼 추워서 부엌에 쪼그려 앉아 벌벌 떨 거다." 이 뜻이란다. 더우면 덥다고, 추우면 춥다고 너무 떠들지 마라는 얘긴가 보다.

할머니가 툭 던지듯 하시는 말씀들은 이렇듯 주옥같을 때가 많다. 대개는 전해 내려오는 것이지만, 적절한 타이밍에 꺼내 놓는 것은 할머니 몫이다.

"가실가을 일 할 때는 오줌 누고 골마리허리춤도 못 추케 올린답디다. 선재 즈그 어매는 애기들 갈친다고 바쁘고, 선재 아빠 혼자 허느니 손이라도 보탤라고 허는 것인께 부담 갖지 말어요. 난 암시랑토 않은께. 아, 보리방아 찧을 때 옆에서 머리만 까딱기래도 힘이 된다고 안 헙디까."

내 입을 틀어막으려고 작정을 하신 게다.

말씀만이 아니다. 작년 일이다.

"유헌 씨, 이거 봐."

점심 먹으러 집에 들어서기가 무섭게 아내가 신이 나서 큰 베 보자기 같은 걸 들고 흔든다.

"내가 차 덖을 때 멍석 대신 깔고 차를 비비려고 할머니한테 이불 집에 가면 광목천을 살 수 있냐고 여쭤봤어. 그랬더니 돌아가신 할아버지 무명 두루마기를 다 뜯어서 밤새 만드셨대. 어쩌면 좋아."

울먹이며 하는 설명을 듣고 보니 누르스름하게 빛이 바래 세월이 느껴지는 천이 조각보처럼 정성스레 꿰매져 있었다. 마침 마당으로 들어오신 할머니.

"죽은 영감 거여. 내가 젊어서 맹글아 준 거이라. 꼬실라 뿌까 허고 몇 년을 들었다 놨다 했는디, 선재 어매가 쓸모가 있어서 쓰먼야 내가 좋제." 하며 수줍게 웃으셨다.

그해 가을, 키질이 서투른 아내는 가을에 타작한 콩에 섞인 콩깍지며 작은 줄기들을 종일 손으로 골라내다 절반도 못하고 툇마루에 놔뒀다. 그런데 다음날 아침 선재 학교 갈 때 보니 말끔한 콩알들이 바구니에 담겨 마루 문 앞에 놓여 있었다. 우리가 깨기도 전 새벽에 할머니가 키질을 해놓고 가신 거다. 아내에게 "할머니

아내와 간전댁 할머니가 마주앉아
오순도순 이야기를 나눈다.
할머니 댁은 아내가 몸이 안 좋거나
나와 다퉜을 때 건너가는
피난처이기도 하다.

한테 해달라고 했어?" 타박조로 물으니 절대로 아니란다.

"혹시라도 그러실까 봐 키질 흉내도 안 냈다고!"

일부러 쉬쉬해도 소용없었다. 메주 쑤는 날 아침이면 솥 가득한 화덕 솥에는 이미 콩이 푹 삶아져 있고, 김장하는 날이면 배추가 알맞게 절어 채반에 건져져 있고, 장 담그는 날이면 사람만 한 항아리가 물기 떨구며 엎어져 있었다. 불가사의다.

꺾어 신은 운동화 질질 끌고 혀 짧은 소리로 "함무니!" 부르며 뽀르르 달려가는 아내와 머리에 흰서리가 내린 지 아내 나이만큼 되는 간전댁 할머니는 서른다섯 살 차이를 극복하고 자타가 공인하는 절친이 됐다. 20년 전, 남편을 먼저 하늘로 떠나보내고 장년의 자제는 모두 객지에 있어 혼자 사신다. "근께 그날이 딱 7월 9일이여……."로 시작되는 할머니의 레퍼토리. 아마 아내는 수십 번은 들었을 거다. 그래도 할머니 옆에 누워 번번이 처음 듣는 양 대꾸해 드리며 듣는다. 마을에서 무뚝뚝하기로 소문난 분인데, 신기하게도 아내와 있을 때는 한없이 보드라워지신다. 뵙는 것만으로도 죄송스러울 때가 많은데, 오히려 "선재네가 옆으로 와줘서 내가 고마워." 하실 때는 드릴 말씀이 없다.

저녁 먹고 뒹굴뒹굴하는데 선재가 방으로 왔다.

"아빠, 성공하려면 꼭 공부 잘해야 돼?"

기습적인 질문인 데다 도발적이기까지 하다.

"아니 꼭 뭐……."

전열을 정비하려면 시간을 좀 벌어야 했다.

"아빠는 학교 다닐 때 공부 잘했다며. 그래야 회사도 다니고 이 정도 살 수 있는 거 아니야?"

이 녀석 의도가 뭘까?

"글쎄 꼭 그런 건 아니지만……, 왜?"

"서울 애들은 나보다 공부도 훨씬 많이 하고, 점점 차이도 날 거고, 나 학원 다닐까?"

지난 겨울 방학에 도서 벽지 학생들을 대상으로 한 캠프에 다녀온 뒤 불안한 마음이 생겼나 보다.

"선재야, 봐라. 도시 애들 놀지도 못하고 밤낮으로 공부하고 과외해서 좋은 대학 들어갔다 치자. 또 밤낮으로 취직 시험 준비해서 대기업에 들어갔다 치자. 또 밤낮으로 일하고 술 잘 먹고 눈치 잘 봐서 높은 자리에 올랐다 치자. 그래서 머리에 기름 바르고 악수 많이 하고 다닌다고 치자. 그러면 성공한 건가? 그 사람들이 결국 하고 싶은 게 뭔지 알어?"

선재가 눈을 끔뻑인다.

"시골 내려오는 거야."

"오! 그러면 아빠도 성공한 거네!"

속으로 '그 사람들은 내려와서 일 안 하지.' 했지만 잘 마무리 해야 했다.

"아빠 생각에 성공이란 건 없어, 선재야. 그냥 계속 꿈을 꾸고 이루고, 또 꾸고 이루고 그게 중요하지."

선재가 다시 묻는다.

"아빠는 이제 꿈이 뭔데?"

"아빠 꿈?"

선재 눈을 바라봤다. 그 눈으로 내 얘기가 쏙 빨려 들어갔으면 좋겠다고 진심으로 빌었다.

"간전댁 할머니 나이 때 할머니처럼 되는 거. 모두에게는 아니라도 누구에겐가 도움이 되고 가르침이 되는 사람이 되었으면 좋겠어."

알아들었을까. 더 이상 질문을 않는다.

할머니 모습을 한 누군가의 천사. 그렇게 될 수 있을까. 내가 안 되면 아내라도…….

2부
가을, 빨리 한다고 더 잘산단가?

"

농사일 좋은 것이 뭐인가.

오늘 못 허면 내일 허고

내일 못 허면 모레 허고 그먼 되제.

"

다들 어디로 가는 건데?

농장 문을 열면서 노고단 쪽을 바라보니 안개가 여태 지리산을 가로막고 있었다. 어르신들 말씀이 '안개 낀 날, 중 머리 벗겨진다.' 는데 설마 이 좋은 가을 날 더워 봤자 얼마나 더우려나 싶었다.

오토바이 들여 놓고, 헬멧 벗고, 집에서 가져온 음식물 잔반통을 꺼내려는데 저 윗밭에서 한 아주머니가 하늘을 향해 짝짝짝 박수를 치고 계셨다. 춤을 추는 것 같기도 하고 기도를 하는 것 같기도 하고. '윗마을에 무당이 계셨나?' 생각하며 무심코 보고 있는데 뭔가가 등을 후려갈겼다. 돌아보니 희동이다.

"이런 개……."

개더러 개라고 해봤자 욕이 될 리 없다. 욕하는 내 입만 더러워질까 봐 참았다. 근데 가만 보니 근엄한 자세로 제 똥을 떡하니 밟고 서 있다. 혹시나 해서 셔츠를 당겨서 살펴보니 등에도 같은 색

농장에서 지내는 희동이 모녀.
충실한 벗이자
든든한 농장 지킴이들이다.

이 칠해져 있다. “지발이, 이눔으 새끼!” 하며 한 대 치려 했지만 여유 있게 피해 도망간다.

원래 이름은 ‘희동’인데 하도 지랄 발광을 해서 요즘엔 지발이라 부른다. 조상 중에 진도 땅을 밟아 본 놈이 있는지 어쩐지, 옆 동네 형님이 기가 막히게 똑똑한 진돗개라고 해서 데려왔는데 누구도 그렇게 봐주질 않는다. 빠르긴 한데 빠르기만 하다. 프랑스 어떤 아주머니가 “인간을 알면 알수록, 난 더욱 개들을 사랑하게 된다.”고 했다던데, 아직은 내가 인간을 잘 모르는 모양이다.

마음이 급했다. 이번 달 꾸러미를 보내려면 서둘러 고구마를 캐야 했다. 삽과 호미를 내려놓고, 아침에 장에서 새로 산 오리궁둥이쪼그려 앉아 일할 때 엉덩이와 땅을 연결해 주는 간이 의자 고무줄을 다리에 끼고 사타구니까지 올렸다. 새 고무줄이라 그런가 약간 끼는 느낌이었지만, 피가 안 통할 정도는 아니었다. 호미질을 시작해 보니 흙이 돌덩이였다. 좀 가물다 싶었지만 이렇게 단단해졌을 줄은 몰랐다. 그래도 해야 했다. 호미 들고 탄광 일 하는 기분이었다. 고구마 다칠까 봐 세게 내려치지도 못하고 긁다 쑤시다 하면서 조금씩 해나갔다. 크고 굵지는 않아도 남들 고구마랑 비슷한 모양으로 나와 주니 고마웠다.

어느새 해는 중천이고, 안개는 흔적도 없이 사라졌다. 스님 두

상에 화상 입을 정도는 아니지만, 이 한 몸 땀으로 적시기에는 충분한 햇살이었다. '봄볕에 며느리 내보내고 가을볕엔 딸 내보낸다.' 는 말도 봄 여름 가을볕 다 쬐는 입장에서는 큰 위로가 되질 않는다. 땀 닦고 멍하니 앉아 노고단 바라보며 쉬고 있는데, 얼마 전 라디오에서 "멍하니 있는 시간이 길수록 창의력이 높아진다는 대학 교수의 연구 결과……." 어쩌고 했던 게 생각났다. 나는 일할 때도 멍하고 쉴 때도 멍하니 창의력이 얼마나 좋을까 싶다. 이렇게 창의력 좋은 사람이 창조 경제에 이바지해야 하는데, 눈코 뜰 새 없이 바쁜 윗분들만 창조 운운하는 게 안타깝기도 했다. 너무 바쁘면 도리어 멍해지나?

"얼렁 안 캐고 뭘 멍허이 앉어 있어!"

장씨 아저씨가 일찍 떨어진 단감을 한 입 깨물며 농장으로 들어오셨다.

"땅이 솔찮이 딱딱헐 거인디 잘 나온가? 내일 비 온단디 좀 이따 허제."

밭두렁 언저리에 쪼그려 앉으며 물으셨다.

"꾸러미 보내야 해서 오늘 캐야 돼요." 하고 보니 감을 씹는 아저씨 티셔츠에도 흰동이의 흔적이 묻어 있었다.

"근데 아저씨, 저 웃밭 아주머니 신기神氣 있어요? 아침에 뭔 고시래하듯 손을 휘젓고 그러시던데요." 여쭤봤다.

"고시래? 콩밭에서?"

"예, 막 새도 날리면서 춤추시던데요?"

아저씨는 감씨를 툭 뱉더니 그러신다.

"허허어참, 이 사람이 우리 마누라맨키로 멍청허네. 콩밭에서 새 쫓는 것이제 뭔 신끼가 어쩌고 고시래가 어쩌고. 농사꾼 될라면 멀었그마. 커피나 한 잔 줘!"

아저씨는 앞장서서 농막으로 가며 "농사 그냥 재미로 해. 죽을 똥 살 똥 허지 말고. 자네가 그렇게 애쓰고 농사짓는지 받아 묵는 사람들은 안단가? 유기농, 친환경 해싸도 다 쬐끔씩은 약도 허고 비료도 허고 글제. 안 글던가?" 물으셨다.

커피에 물 많이 부었다고 욕먹으면서 대답했다.

"이거 먹는 사람들, 다 제가 알고 지냈고 알게 된 사람들인데 어떻게 대강해요. 누가 먹을지 모르면 모를까. 어떤 사람들 입으로 들어가는지 다 알고, 좋은 거 먹여 주겠다고 해놓고 어떻게 거짓말한대요."

아저씨는 반 근은 될 만한 입술을 내밀면서 "근께 누가 그르케 허라든가. 재미로 허란께." 하신다.

처음부터 꾸러미 형태를 생각한 건 아니었다. 언제부터였다고 할 수도 없다. 그냥 농사를 지어 보겠다고 생각했지 농사로 먹고 살 방법은 딱히 생각하지 않았다. 아는 사람한테 사달라고 조르는 것도 한두 번이지 내내 그러고 살 수는 없지 않은가. 한 3년 수입 없이 살아 보자고 부렸던 호기는 첫겨울을 넘기면서 꺾이기 시작했다. 그럴 즈음 눈치가 9단인 아내가 "몇 가구라도 일단 시작해 보는 게 어떨까?" 물어 온 것이 계기가 되었지 싶다.

여섯 가구로 시작했다. 쌀을 보내기 시작할 때쯤 열 가구로 회원이 늘었고, 또 조금씩 늘어 지금은 스물한 가구. 든든한 후원군이다. 더 늘리고 싶어도 아직은 안 된다. 제철 작물과 함께 1년에 가구당 쌀 한 가마를 기본으로 보내기 때문이다. 논을 더 구하지 못하면 어쩔 수 없다. 애초에 아내 의견대로 주곡 중심으로 가자고 합의한 만큼 쌀, 콩, 장류를 중심으로 보내고 있다. 쌀은 8킬로그램이나 16킬로그램씩 다달이 도정해서 보내고, 엽채류를 제외한 제철 작물도 함께 보낸다. 주곡 외의 다른 작물도 다달이 보내야 하니 종류가 많아질 수밖에 없다. 아내는 고추장, 된장, 간장 외에 효소와 화장품도 만들어 보내고, 차를 덖거나 시래기를 삶아 보내기도 했다. 효소와 화장품 만들 약초도 베고 나물도 뜯고…….
그러고 보니 안 하는 게 없다. 지난해에만 30여 가지를 만들고 캐고 베고 따고 거둬서 보냈다.

기운 쓰는 건 내 일이라 치고, 작물 갈무리하고 회원들과 소통하는 아내 일도 만만치 않다. 그중에서 회원들에게 이곳 소식을 전

여러 가지 작물을 한 박스에
넣으려면 공간 구성도 중요하다.
단감, 된장, 밤, 청국장가루 등을
넣어 포장한 10월 꾸러미.

회원들에게 보낼 꾸러미를 포장하는 날.
9월 꾸러미에는 고구마, 밤, 고춧가루, 어성초 화장수와 함께
아내가 쓴 편지를 동봉했다. 큰돈은 아니지만 정성껏 가꾼 작물이
지인들의 먹거리가 된다고 생각하니 어느 하나 허투루 할 수가 없다.

하는 중요한 매체가 있는데, 아내가 다달이 택배 박스에 넣어 주는 '꾸러미 편지'이다.

이곳 가을은 참 아름답습니다. 지리산 능선은 붉게 물들었고요, 눈부시게 푸른 하늘에 새하얀 구름이 몰려다닙니다. 거기다 어느 날부터 등장한 주홍빛 작은 등들이 감나무에 매달려 있습니다. 울컥 눈물이 날 것 같은 아름다움입니다. 하지만 지리산만큼이나 크게 느껴지는 가을일이 풍광에 홀린 눈을 거둬들입니다. 어제 벼 수확해서 저는 당그래질해 가며 벼를 말리고, 남편은 감을 따러 농장으로 달려갑니다.

평소 모습은 선머슴인데 글만 보면 천상 여자다. 그 반대였어도 괜찮은데.

아내는 편지를 통해 어르신들 말씀을 남기려고 애를 쓴다.

설 지나고 냉이 세 번만 캐다 먹으면 살이 쪄서 문도 못 열고 나간다는 말이 있다네요. 냉이가 식물성 단백질이 가장 많다는데, 이곳 어른들은 다 알고 계신 거죠.

여기 말씀을 그대로 전하고 해석을 붙여 주기도 한다.

"맘 옳은 사람도 소 멍에만큼은 굽어진다는 거인디, 맘 안 좋은 사람은 굽어지다 못해 아매 딱 붙어 불 거이여."라는 말씀을 하셨어요. 사람이 좋은 마음으로 살려고 해도 그대로 유지하면서 사는 게 어렵다는 뜻이라네요.

동네 할머니들께 전해 듣는 남도식 레시피를 전달하기도 한다.

죽순은 껍질째 삶는 게 속살이 더 부드러운데, 번거로우면 껍질 벗겨서 압력솥에 삶으시면 됩니다. 밑동에서 세로로 반을 가르면 연노랗게 먹을 수 있는 속살이 나옵니다. 바로 삶아 초장에 찍어 드시거나 새콤달콤 초무침도 좋고요, 나물이나 전을 부쳐도 맛이 좋습니다.

회원들이 메시지로 보내 주는 리액션은 충성스럽게까지 느껴진다.

"이 농작물을 먹으면 몸과 맘이 정화될 듯합니다."

"선재 엄마 보고 싶어요. 고마워요."

"구례가 훤히 보이는 듯한 편지 잘 읽었고요. 수고 많으셨어요. 박수를 보냅니다."

이런 메시지는 나한테 보내도 되는데 꼭 편지 쓰는 사람한테만 수고했단다.

이렇게 고마운 회원들 덕분에 앞으로 하고 싶은 게 많다. 시장에 내맡기는 농산물 가격이 아니라 작물마다 가진 고유의 가치를 따져 보고 싶다. 회원의 요구에 맞춰 생산량을 계획하고, 그이들이 원하는 품목을 재배해서 공급하면 좋겠다. 농산물을 생산하는 땅도 그이들과 나눠 가지면 좋겠다. 그리고 음식물 제조업 종사자가 아니라 생명의 소중함을 고민하는 철학자가 되면 좋겠다. 이 모든 게 꿈이겠지만 깰 때 깨더라도 지금은 꿈꾸고 싶다.

농막을 나서는 아저씨를 따라 나서다가 허리를 뒤집으며 "아이구, 힘들어 죽겄네." 소리를 했더니 아저씨가 뒤돌아서며 물으셨다. "어이 자네, 세상에서 제일 힘든 일이 뭔지 안가?" 또 뭐라고 그러시려고 이러나 싶어 "농사일 아닌가요?" 했더니 "지금 지가 허고 있는 일이라네. 다 지가 제일 힘든 일 허고 산 줄 안단 말이여." 하신다. 그러더니 "농사일 좋은 것이 뭐인가. 오늘 못 허면 내일 허고 내일 못 허면 모레 허고 그먼 되제." 하시기에 속으로만 웅알거렸다. '아저씨, 제가 그 말에 한두 번 속은 줄 아세요? 그런 말로 꼬셔서 술 진탕 마시게 하고는 오늘 못한 일 다들 다음날 새벽에 끝내더만요. 모레까지 가는 놈은 저밖에 없어요. 모레라도 하면 다행이고요. 엄밀히 말해 속은 건 아니지만…….'

희동이에게 한 차례 더 당한 아저씨가 농장을 나서며 말씀하셨다.

"천천히 시나브로 허소. 빨리 헌다고 더 잘 산단가. 미루고 미루다가 안 헐 수 있으면 그거이 더 좋은 거여. 안 근가? 놀고 서 있지 말고 고구마나 얼른 캐시게."

어떻게 하라는 건지 약간 종잡기 힘든 말씀이다.

온종일 고구마 100킬로그램쯤 캐고 나니 고맙게도 어둑해졌다. 겨우 꾸러미는 보낼 양이다. '난 왜 이렇게 손이 느릴까?' 타박하다가 TV 광고에서 '속도보다 방향이 중요하다.' 라고 떠들어대던 게 생각났다. 최근에 만난 한 선배도 같은 말을 하면서 "잘 선택했어. 너! 잘 살고 있는 거야."라고 위로했다. 대기업이 그렇게 말하니 철들었나 싶기도 하고, 선배도 그렇게 얘기해 주니 고맙기도 했다. '그래, 빨리만 가려는 놈들보다 내가 나을 수도 있어. 나중에 누가 이기나 보지 뭐.'

그러다가 다시 의문이 들었다. 내가 속도가 느리다는 건 알겠는데, 방향은 맞는 건가. 만약 속도도 느리고 방향도 틀렸다면, 뭐가 잘못되는 건가. 방향이 맞고 틀리는 건 언제 알 수 있을까. 광고가 말하는 건 방향을 잘 잡아서 속도보다 빨리 가서 이기라는 건가. 그것 참, 나도 잘 모르겠다. 제일 궁금한 건 따로 있었다.

"다들 어디 가는 건데?"

갈고 뿌리고 거둬들이면 끝?

아침 일찍 들깨를 베러 나갔다. 들깨는 툭 건들기만 해도 후두둑 떨어지는 소리가 날 정도로 한껏 여문 상태다. 어르신들 말씀이 그나마 이슬이라도 머금은 상태에서 밑동을 꺾어야 손실이 적기 때문에 꼭 아침에 거둬야 한다고 하셨다. 내 딴에는 서두른다고 나갔지만 해는 중천에 가까웠고 들녘엔 가을걷이가 한창이다.

수확, 말만으로도 기쁘지 않은가. 그렇다, 기쁘지 않다. 농촌에서는 수확이 좋으면 좋아서 걱정, 나쁘면 나빠서 걱정이다. 풍년 들어서 부자 된 농사꾼 없고 흉년이면 다 망하는 거다. 남들 다 흉년일 때 나 혼자 풍년이라면 돈 좀 벌겠지만, 그럴 일은 개구리 턱에 수염 날 확률이랑 비슷하다. '풍성한 곡식을 거둬들이는 손길에 기쁨이 가득' 어쩌고 하면서 수확을 얘기하는 뉴스를 보면 "이걸 확!" 하는 소리가 절로 나온다.

결실을 맺고 수확을 할 때까지 쉼 없는 관심과 노동이 필요하다.
바닷물을 분무기에 담아 마늘과 양파를 심을 밭에 뿌렸다.
처음으로 군청 지원을 받아 70만 원에 분무기를 구입했다.
지원 없이 사면 140만 원이다.

사실 나도 예전에 전과가 있다. 높은 양반들이 볏단을 한 아름 안고 어색하게 웃는 사진을 찍어 댄 적이 있다. 촬영만 끝나면 바로 웃음기 거두고 옷에 묻은 나락 털어 내며 갈비탕 먹으러 가기 바빴던 사람들. 당시 논두렁에 앉아서 지켜봤을 농민을 생각하면 그저 용서를 바랄 뿐이다. 아마도 '수확의 기쁨'은 멀리서 들판을 내려다보던 옛날 지주나 양반들의 헛소리였을 듯싶다.

가을은 사실 수확 때문에 죽어나는 계절이다. 봄철에 야심차게 파종했던 씨앗들이 산더미 같은 일로 돌아온다. 들깨를 베면서도 고마운 건 둘째 치고, 뭐 하려고 이렇게 많이 뿌렸을까 싶은 생각이 열두 번도 더 든다. 들깨를 벴다고 끝나는 게 아니다. 천막 펼쳐서 잘 말려야 하고, 그 속에 들어앉아서 막대기로 때리며 털어야 하고, 떨어진 들깨만 잘 추슬러야 하고, 깻단은 정리해 잘 묶어 둬야 하고. 그러고도 또 키질해서 갈무리해야 가루로 갈거나 기름으로 짜서 입구녕으로 들어가는 거다. 작물별로 수확에만 10여 단계의 수작업이 필요한 셈이다. 이런 거 한꺼번에 쫙 해주는 기계 없나? 그런 거 없다.

하늘은 가을인데 땅에는 겨울과 여름뿐이다. 한 10시 반쯤 잠깐 가을일까, 그 앞으로는 덜덜 떨다가 뒤로는 다시 땀범벅이다. 코끝에 싸하던 아침 공기가 아랫배로 이어졌나 보다. 신호가 오는데 농막까지 가기가 귀찮았다. 약간 급하기도 해서 주변을 둘러보다가 바로 생각을 접었다. 어렸을 적 외가 옥수수밭에서 일 처리하고 옥수수 잎으로 뒤처리했다가 쓰라려 죽을 뻔했던 일이 떠올랐다. 입에 담기 뭣한 외과 질환도 그때 일 때문에 생긴 게 아닌가 싶을 때가 많다. 낫을 던져 놓고 뒤를 오므린 채 장화 바닥을 질질 끌면서 농막으로 가야 했다.

식은땀 끝에 목적지에 앉아 한숨 한번 쉬고 나니 라디오 소리가 들렸다. 날아가는 목소리의 DJ가 남자 손님과 웃느라고 바빴다. '남자들이 여자 마음을 이렇게 몰라서야.' 어쩌고 하면서 여자들이 남자들한테 하는 말을 '여자어語'라고 말했다. 예를 들어 남자가 "백반 먹을까?" 물었을 때 "나 배불러." 이러면 더 좋은 걸 먹고 싶다는 소리고, 먹다 말고 여자가 "배불러서 그만 먹을래." 이러면 "다른 거라도 주문할까?" 혹은 "더 약해지면 어쩌려고 그래. 천천히 더 먹어." 이래야 된단다. 나 참, 애초에 남녀는 종種이 다른 동물이고 어쩌다 말이 통해서 슬픈 관계가 만들어졌다는 게 평소 생각인데, 이제는 "나 아퍼." 이래도 "그래, 자기 예뻐." 이래야 한다니 요즘 애들 연애하기가 가을일만큼 힘들겠다.

다시 들깨밭으로 올라가니, 아내가 간전댁 할머니를 모시고 와 있었다. 토란대 수확을 도와주시겠다고 성화하셔서 모셔 왔다는데 무 솎는 일부터 시작하셨다. 아내가 학교에 수업하러 다녀온다고 농장을 나서자마자 장씨 아저씨가 올라오셨다.

"할매, 오랜만에 오셨네. 얼굴 좀 봬 줘요. 어디 편찮으시면 여그도 못 오실 거인디. 얼굴 한본 보잔께."

두 분은 예전에 하시던 비닐하우스가 이웃해 있어서 잘 아시는 사이다. 여태 허리 한번 안 펴고 계시던 할머니가 그제야 일어서신다.

"드러눕기 전에 가야제, 뭣 헐라고 오래 산대요. 나이 80은 생각도 안 했그마."

"아, 20년은 더 살아야제, 뭘 그새 죽는 얘기를 해싼대요. 얼굴 깨끔허니 좋으시그마."

아저씨는 여자어를 아시는 모양이다. 할머니도 웃으신다.

아까 던져 놨던 낫을 못 찾고 다른 걸 가져오는데 전화벨이 울렸다. 읍내에서 카센터 운영하는 친구다.

"어이, 일전에 트럭 얘기했었지. 괜찮은 게 나왔는디 어디 한번 볼란가?"

그전에 1톤 트럭 중고차 괜찮은 거 하나 구하면 좋겠다고 얘기한 적이 있었다.

"그래? 얼마래?"

"2003년 형인데 3백이면 되겄그마."

혹해서 곧 연락 주겠다고 하고 끊었다. 트럭 한 대만 있으면 지금 짐차 겸용으로 쓰는 SUV를 처분하고 가벼운 차로 바꿔 구성을 갖추고 싶었다. 농사지으려면 트럭 쓸 일이 다반사인데 번번이 이장이나 D 동생에게 빌려 쓰는 것도 미안했다. 트럭을 끝으로 이제 큰돈 들어갈 곳은 없을 것 같다.

원래 시골에 내려오기 전 머릿속에 그렸던 그림은 자그마한 트랙터 몰고 논밭 갈면서 남는 시간에 목공일도 좀 하고 그런 거였다. 갈고 뿌리고 거둬들이면 끝? 착각도 그런 착각이 없었다. 일도 일이지만 농기계 값이 그랬다. 수천만 원에서 억대를 넘나드는 트랙터는 둘째 치고 경운기 값도 만만찮았다. 엔진 달린 앞대가리만 4백만 원이 넘고 짐칸, 로타리로타베이터, 쟁기까지 다 갖추려면 또 1~2백만 원이 든다. 그나마 전前 이장님이 주신 경운기를 수리해서 쓰는 데만 60만 원이 들었다. 소형 경운기인 관리기도 이것저것 부속까지 구입하는 데 3백만 원은 족히 든다.

"야, 시골엔 눈먼 돈 많다던데. 군청에 가서 좀 댕겨 오면 되지 않냐?"

얼마 전 찾아왔던 선배가 농기계 얘기를 나누다 한 소리다. 눈먼 돈? 눈이 멀었다는 건지 눈이 멀다는 건지 모르겠지만, 시골 돈이 눈이 멀었으면 서울 돈은 눈을 뜨고 댕깁디까? 뭐 구청 공무원은 눈 시퍼렇게 뜨고 군청 공무원은 게슴츠레 뜬답디까? 눈탱이 얻어맞을 얘기만 계속하기에 언짢은 티 팍팍 내서 얼른 돌려보낸 일이 있었다.

"돈 없어? 꿔다 써! 싸다며?"

웃기고 있네. 공짜가 어딨겠나. 1퍼센트 저리 융자도 빚이요, 5년 거치 10년 상환도 빚이다. 사채업자가 할 만한 소리만 하다 올라갔다.

기계뿐 아니라 농기구도 만만치 않다. 호미, 낫, 삽, 괭이부터 시작해 수레, 전지가위, 분무기까지 구입해야 하는 게 한두 가지가 아니다. 낫 하나만도 부추낫, 조선낫, 풀낫 이렇게 여러 가지고, 삽도 쓰임새에 따라 서너 가지가 필요하다. 처음에 사야 할 물건을 한꺼번에 구입할 수만 있어도 덜 열받았을 거다. 밭 정리하다 보니 이게 필요하고, 또 무언가 옮기다 보니 저게 필요하고 해서 하루에도 서너 차례 철물점을 다녀와야 했다. 시간도 아깝고 길바닥에 뿌린 기름값도 억울했다. 철물점에서라도 '귀촌 세트 A', '귀농 세트 B' 하는 식으로 농기구를 한꺼번에 묶어 팔고 할인도 해주고 그러면 얼마나 좋았겠나.

고장은 또 얼마나 자주 나는지 모른다. 예초기가 안 돌아가서 수리점 가면 부품 하나 갈고 2만원, 동력 분무기도 고무 패킹 교체했다고 5만 원. 뭐 한 2년이면 수리비만 기계 값만큼 들어간다. 수리점 직원에게 "왜 이렇게 고장이 잘 난대요?" 물으니 "아버님이 관리를 잘 허셔야죠. 기계는 손봐 주는 만큼 오래가는 것이그마요." 한다. 얘는 형님이라고 해도 되겠구만 꼭 아버님이란다. "당연한 소린데 그게 쉬운가요." 했더니 "아니면 자주 오시는 수밖에 없지요." 협박인지 가르침인지 모르겠지만 억울하다. 자동차가 그렇게 고장이 잦으면 난리가 났어도 수십 번 났고 리콜을 했어도 수백 번 했을 텐데. 돈은 중형차 사는 만큼 들었는데 말이다.

제일 큰 걱정은 사고 위험이다. 전동 전지가위에 손가락 잃은 사람, 관리기 손잡이에 갈비뼈 부러진 사람, 경운기 자빠져 다리 부러진 사람 등 일하다 다쳤다는 얘기가 끊이질 않는다. 다치고 나을 수 있으면 다행이다. 경운기 운전하다가 일반 차량과 충돌 사고가 나면 치명적이다. 안전장치 하나 없는 오픈카 상태에서 부딪히니 경운기보다 멀리 날아가야 운 좋게 살아나고 최소 복합 골절을 입는다. 그런데도 다친 사람 대부분은 몸 아픈 걱정보다 남은 일 걱정을 하며 지낸다. 살아나도 살아갈 걱정이다.

나도 지난번에 경운기 몰고 논에 가다가 좁은 길에서 대형차를 만나 논으로 빠질 뻔한 뒤로 운송 수단으로는 쓰지 않는다. 그래서 더욱더 트럭이 필요했다. 가격대도 괜찮고 타이어도 교체한 지 얼마 안 돼 돈 들어갈 것도 별로 없다고 했다. 아내만 오케이 하면 지른다.

공구들을 찾기 쉽게
주워 온 합판에 못을 박아 걸어 두었다.
그래도 며칠 지나면 하나 둘씩 사라진다.
다리가 달린 게 분명하다.

마침 아내가 글쓰기 수업 마치고 돌아와 작업용 와이셔츠에 몸뻬를 올려 입고 밭으로 왔다. 간전댁 할머니가 웃으면서 보시다가 “애기들 갈치니라고 애썼을 거인디 걍 쉬제 뭣 헐라고 온대.” 하신다. 나도 반가워서 “모구 없은께 일 좀 허실란가?” 했는데 표정이 금방 안 좋아진다. 트럭 얘기를 꺼내야 하는데 타이밍이 아니다. 일단 분위기 바꿔서 다시 얘기해야지.

농장주의 자세로 이곳저곳을 살펴보던 아내가 다시 돌아왔다. 얼굴에 땀도 좀 흐르고 해서 약간 불쌍한 표정을 더해 재시도했다.

“고 사장이 전화했는데 트럭 좋은 게 나왔다네. 남 주긴 아깝다는데.”

내 쪽으로 오던 아내가 비스듬히 방향을 꺾어 할머니한테로 향했다. 언급을 피하겠다는 의지의 표현이다.

“이봐, 내가 승용차 사자는 것도 아니고 외제차 사자는 것도 아니고, 필요하니까 좋은 물건 싸게 사겠다는데 그게 그렇게 안 될 일이야?”

아내가 마지못해 말문을 열었다.

“작년에 저장고도 지었고 관리기도 샀고 올해도 돈 들어간 게 많으니까, 내년에나 생각해 보면 안 될까?”

내년이라고 돈이 어디서 떨어지는 것도 아닌데, 여태껏처럼 적자만 나면 트럭 사기가 점점 더 힘들어지겠다 싶었다.

"내가 사치 부리자는 거야? 이게 욕심이야? 농사에 필요한 기계야, 기계! 그냥 경운기 몰고 다닐까, 엉!"

피치를 올리는데, 갑자기 허리를 숙였던 아내가 낫을 치켜들었다. "기계 타령하지 말고 이런 거라도 잘 챙겨, 좀!" 하필이면 아내 발치에 잃어버린 낫이 있었다.

잠시 후 다시 분위기 반전을 노렸다. 라디오에서 교육받은 여자어를 구사했다. 아내를 그윽하게 훑어보며 "괜찮네. 당신은 어떻게 몸빼도 그렇게 잘 어울려." 했더니 아내가 한마디 날리며 내려가 버린다.

"또 낮술 먹었구만. 술값으로 벌써 트럭 샀겠네!"

점심때도 안 됐는데 별소리 다 듣고 산다.

콤바인 앞에서 낫질

안개가 며칠째 들판을 가득 채우고 있다. 거둬들여 말리고 때려서 추려야 할 게 잔뜩인데, 아침마다 들판은 여자들이 부러워할 만큼 촉촉하다. 오토바이도 축축했다. 미처 닦아 내지 못하고 앉은 오토바이 안장에서 온몸으로 소름이 번진다. 반사적으로 엉덩이를 들썩해 봤지만 늦었다. 헬멧에도 뿌옇게 물기가 내려앉아 안면 마스크를 내리지도 못하고 실눈을 뜬 채 서둘러 집을 나섰다. 온갖 잡새들이 농장에 베어 놓은 들깨 더미 위에 앉아 조찬을 즐기고 있으리란 생각에 마음이 급했다.

길에 못 보던 차들이 늘었다. 맞다. 단풍철에다 주말이었다. 집을 통째로 끌고 다니는 차도 보이고, 지붕에 제 몸채만 한 짐칸을 얹은 차도 보였다. 애쓴다 싶었다. 불과 몇 년 전만 해도 나 역시 저러고 다니고 싶어서 인터넷을 뒤지며 지름신과 싸웠다. 꽃철이나 단풍철이면 밤새 배낭 꾸리면서 기꺼이 새벽 출정을 즐겼다. 하지만 이제는 입장이 달라졌다. 나는 그때만 해도 안중에 없던 현지인이 됐고, 그들은 성가신 외지인이었다. 내 마음이 급했지, 그들은 급할 게 없었다. 도로에서 거북이 놀이를 하면서 내 앞길을 막았다. 치미는 욕을 누르며 단전에 힘을 모았다. '참자. 오늘은 중요한 날, 경건한 마음가짐을 유지하자. 창고에 나락 쌓는 날이니…….'

농장에 도착하니 간전댁 할머니가 와 계셨다. 이젠 "농장 안 델꼬 가면 걸어서라도 갈라요." 하시던 협박 절차도 없이 그냥 오시기로 한 건가. "할머니, 말씀도 없이 언제 오셨대요!" 멀리서 걸어가면서 소리를 질렀지만, 할머니는 벙긋 웃기만 하신다. 뭐라 뭐라 말씀을 하는데 뻔히 안 들릴 줄 알면서 '나 핑계 대는 중이야.' 하시는 거다.

가까이 다가가 다시 여쭈니 내가 하면 반나절거리 일을 마무리하며 변명을 하신다.

"새벽에 눈이 떠졌는디 잠이 와야 말이제. 선재네 오늘 나락도 담아야 된디 들깨 뚜드릴 새가 어디 있으까 싶어 밝아진 담에 슬슬 걸어왔어요."

"나락은 오후에 담을 건데 뭘 걱정하셨대요. 얼른 모셔다 드릴게 장갑 벗고 내려가시게요."

깻단 묶던 끈을 당겨 뺏으며 팔순 노인네와 힘겨루기를 했다.

펼쳐 놨던 천막을 접으며 "나락이 션찮은데 작년만큼 나올라나 모르겠어요." 했더니 할머니가 정색을 하신다.

"작물들 앞에서 그런 말 허는 거 아니랍디다. 작물들이 나한테 언제 밥 줬냐고 헌대요."

혼내시는 듯했다. '나락은 저짝에 널어놔서 안 들릴 텐데…….' 했지만 결과에 욕심내지 말라는 말씀일 거다. 하늘이 하시는 일일 뿐이니.

엊그제 나락 베던 날, 오후에 하자던 콤바인 벼를 베서 낟알을 터는 일까지 한 번에 해주는 기계 작업을 조금 일찍 시작하겠다고 S 형님이 전화했다. 작업 예정 시간까지 두어 시간 남아서 여유 부리고 있다가 갑자기 전화를 받으니 당황스러웠다.

"형님, 안 돼요. 아직 덕석 멍석 도 안 깔아 놨는데요."

나락을 말릴 곳에 그물처럼 생긴 긴 천막을 깔아 놓아야 하는데 아직 차에 실려 있었다. 몇 차례 저항해 봤지만 형님은 그냥 하자고 밀어붙였다.

"큰 논 몬자 작업헐란께 덕석 깔고 있어. 애기 엄마가 나락 싣고 자네 있는 디로 가면 같이 부서 뿔면 돼. 지금 못 허면 사흘은 밀려야 헌께."

약간 꼬이는 느낌이 없지 않았지만, 나쁜 생각 않기로 했지 않

동네 S 형님이 콤바인으로 벼 수확을 거들어 주셨다.
볏짚은 일부를 제외하고 잘게 썰어 다시 논에 넣어 두면
지난달에 파종한 호밀과 함께 내년 논농사의 거름이 된다.

은가. 순순히 말을 들었다.

부리나케 덕석을 깔았다. 작년 겨울 쥐가 뚫어 버린 덕석 빼고 세 개밖에 없어서 장씨 아저씨한테 두 개를 더 빌려 아스팔트 농로가에 자리를 마련했다. 아내를 불러 같이 할 새도 없었다. 이리 뛰고 저리 뛰며 덕석의 선을 맞추고 각을 잡으니 장화 바닥이 뜨뜻해진다. 맥주랑 마른안주 몇 가지 사서 큰 논으로 달려갔다. 논은 이미 가운데 큰 코딱지만큼 빼고 바닥을 거의 드러낸 터였다. 한여름 잡초와 혈투를 벌이던 전장이 말끔하게 정리되는 느낌이었다. 속이 시원하기도 하고 허무하기도 했다.

트럭 그늘에 앉아 캔맥주를 한 모금 들이킨 S 형님은 재작년부터 시작된 질문을 또 했다.

"암것도 안 했는가?"

농약을 안 쳤냐는 뜻이다.

"예, 영양제랑 해충 기피제 같은 건 만들어서 쳤죠." 대답했더니, 옆에서 땅콩만 드시던 형수님이 대화에 들어선다.

"약값농약 구입 비용 안 들고 좋겄네요."

형님이 정색을 하며 말을 가로챘다.

"약값 안 든다고 좋기만 허겄는가. 풀 땀세 고생허는 생각은 안 허고? 아직도 풀이 솔찮이 많그마. 저거 내년에도 또 날 거인디. 그러지 말고 약 혀. 쩌그 윗마을 김 씨도 여름에 풀약제초제 헌 거

봤는디, 친환경 검사에 통과했다마."

형수님도 하실 말씀이 있었다.

"약값 덜 들고 쌀 비싸게 팔면 괜찮은 거 아니요? 글고 김씨네 약 친 나락 검사한 게 아니라, 그 옆 다랑지에서 검사했단디, 뭘."

주제가 옮겨 가고 목소리는 높아졌다.

"그 옆 다랑지에도 약 친 거 봤단께! 알도 못 험서 딴소리여."

"옆 논은 약 안 했대요! 약 헌 논에서 검사허면 어치케 친환경 검사를 통과헌다요."

형수님이 눈을 흘겼지만, 형님은 쳐다보지도 않는다.

"치는 거 봤단께! 본 사람이 알제 안 본 사람이 알겄는가!"

"그 양반이 안 쳤단께 허는 말 아니요! 검사해도 약 안 나오면 그 비싼 검사를 왜 한다요? 우리 논도 확 쳐뿌러야겄네."

"이 사람 씨잘데기 없는 소리 허네. 얼렁 나락이나 부리고 와!"

여기저기 '친환경' 글씨를 새긴 깃발과 간판은 많지만, 실제도 환경이랑 친할 거라고 생각하는 사람은 많지 않다. 정부랑 지자체가 몰아가고 이런저런 보조금도 준다고 하니 너도 나도 신청해서 친환경 농사를 짓는다고 했지만 실상은 그렇지 않다. 시키는 대로 하면 생산량은 줄어들고, 정부가 조금 비싸게 수매한다고 해도 차액이 보전되지 않았다. 친환경 농사짓는다고 누가 알아주는 것도 아닌데 손해 보면서 농사지을 만큼 여유가 있겠는가. 잔류 농약 검사 인력도 모자라 돌아가면서 검사하다 보면 20년에 한 번 검사하게 된다는 말도 있다. '그냥 농약 칠 만큼 치다가 걸리면 그만'이라는 얘기가 도는 것도 무리는 아니다. 어쨌든 "자넨 힘들어도 친환경으로 쭉 해봐. 제대로 허는 사람도 있어야제." 형님 말씀에 어깨가 으쓱거리고 턱이 앞으로 쭉 나왔다.

덕석 깔아 놓은 데로 와서 나락을 쏟아 내고 있는데 전화가 울렸다. 작은 논까지 마저 베러 간 S 형님이었다.

"나락을 벨 수가 없잖애! 풀은 많고 나락은 키가 작은께 제대로 안 짤린다 말이시! 자네가 낫으로 베든지! 알아서 허더라고."

잽싸게 튀어 갔다. 작은 논에는 방동사니라는 풀이 그물처럼 번졌었다. 뽑고 자르고 한다고 해봤지만, 벼를 휘감고 도는 놈들을 다 해결하지 못한 터였다. 콤바인으로 잘리지 않은 벼를 낫으로 베어 모았다. 콤바인 앞에서 낫질이다. 포클레인 앞에서 한다는 삽질이었다.

이틀간 당그래고무래질하면서 말린 나락을 담기 시작했다. 농사일이 다 힘들지만 가장 힘든 일 중에 하나가 말린 나락을 포대에 담아 창고에 넣는 일이다. 건조기에 말려 담으면 좋겠지만, 돈도 돈이고 쌀 맛이 없다고 했다. 양보다 질에 목숨 걸어야 하는 입장이다 보니 몸 고달픈 건 당연하다. 신식 기계보다는 어르신들의 몸

오봉댁 어머니가 아내에게 나락 말리는 요령을 설명해 주신다.
널어 놓은 나락을 당그래로 하루에도 수차례 긁으면서 고루 펼쳐 줘야 한다.

쓰는 방법이 더 좋기도 하다.

세 포대쯤 담는데 느낌이 안 좋다. 대강 눈대중으로 봐도 작년만큼은 안 될 성싶었다. '미리 계산하지 말자.' 생각하며 전 이장님 댁 막내랑 담고 있는데 뒷목이 따끔하더니 꿀벌 한 마리가 눈앞으로 지나간다.

"아이, 확! 재수 없이……."

뒤통수 때리는 동물은 사람밖에 없다고 했는데 아니었다.

그때 J 형님이 내려오면서 소리를 질렀다.

"나락 담을 때 전화허란께! 이럴 줄 알고 걍 와봤네."

공사 현장에서 석축 작업하다가 팔꿈치를 다쳐서 한의원에 침 맞으러 다니면서도 도와주겠다고 팔을 걷는다. 잠시 후 읍에서 식당을 운영하는 박 사장까지 가세해 머릿수를 늘렸다.

"형님, 나 이런 일 하는 거 좋아해요. 나도 촌놈인디요."

하루 쉬는 날까지 돕고 싶다고 나왔다. 고마운 마음에 벌에 쏘인 것도 까먹었다.

기운도 나고 기분도 업 되니 작업 속도가 빨라졌다. 헌데 빨라도 너무 빨랐다. 나락이 없었다. 예상은 했지만 예상보다 심했다.

"나락 얻다 숨겨 놨냐?"

포대 옮겨 주겠다고 나타난 이장 친구가 트럭에서 내리면서 의아해했다. 애써 웃는 척했지만 허탈했다.

"유헌아, 올해 나락 다 잘됐단디 니만 왜 그냐?"

J 형님이 안타까운지 말을 이었다.

"근께 친환경 허지 마. 약도 치고 비료도 뿌리고, 넘들같이 허면 될 것인디, 뭣 헐라고 쎄가 빠지게 풀 잡고 근다냐. 올해 나락 안 된 놈은 농사 그만 져야 헌다 글드라."

창고에 나락 포대가 소박하게 들어앉았다. 작년 소출 3분의 2였다. 박 사장이 전화를 했는지 제수씨까지 집으로 왔다. 이리 저리 뛰어다니느라 기운 빠진 아내를 도와 가며 맛집 솜씨로 식탁을 차렸다.

"모자란 대로 회원들 먼저 보내고 우린 사 먹지 뭐."

어색하게 웃는 나를 안쓰러워하며 술잔을 같이 비워 줬다. 오랜만에 생선회 맛도 보고, 매운탕 국물도 잘 넘어갔다.

"다른 농사 잘됐으니 안되는 것도 있겠지, 뭐."

아내도 속이 쓰린지 혼잣말처럼 나를 위로했다. 어디선가 읽었던 글귀가 생각났다. '애써 기운 내지 않아도 괜찮아. 힘들 땐 힘들어하면 되는 거야.' 위로가 되는 말이다. 서운한 마음도 가라앉는다. 아마도 농사 좀 알게 됐다고 떠드는 건방을 막아 주려 지신地神께서 경고하신 듯하다.

다시 기분을 추슬러 한잔 하는데 목에 까실까실한 게 걸린다. 조금 전 매운탕 건더기를 홧김에 삼킨 게 걸렸나 보다.

"칵, 카악!"

아무리 해도 안 나온다.

"핀셋 가져와 볼까? 아니면 화장실 가서 어떻게 해봐."

아내 말에 일어서다 의자 다리에 복숭아 뼈를 부딪쳤다.

"아, 참! 난 뭐 되는 게 없냐. 칵, 카아악!"

농촌은 농민들이 지켜라?

눈이 온 줄 알았다. 엊그제 아침, 어스름 걷히고 드러난 앞집 지붕이 두텁게 하얀 솜을 둘렀다. 서리가 많이도 내렸다. 절기는 절기일 뿐, 아무리 입동이 지났다고 11월 초부터 겨울티 낼 게 뭐 있나 싶었다. 그럴 거면 8월 입추 때부터 시원해지든지. 어쨌든 해도 짧아져서 몸 좀 풀렸다 싶으면 어두워지기 시작하니 나설 준비를 서둘렀다.

D 동생에게서 전화가 왔다.

“행님, 오늘은 감 깎아 몰랴야지요. 지금 농장으로 갈까요?”

뭘 하든지 힘이 넘치는 동생이다. 남들은 감이 나뭇가지를 꺾을 정도로 붙었다는데, 동생네 감 농사는 그렇지 못했다. 농약을 하지 않은 탓이다. 그래도 기운 빠지는 일은 없다. 오히려 우리 농장 감이 잘돼서 다행이라며 제 것처럼 좋아했다. 어른한테만 배우는 건 아닌가 보다.

"그래, 나도 지금 출발하네. 곧 보세."

동생네 집으로 싣고 간 감을 깎기 시작했다.

"행님, 한 세 시간이면 끝나겄죠? 점심으로 국밥에 소주 한잔 허고 오후 일 허면 되겄네요." 동생이 얻었다는 감 껍질 깎는 기계는 사방으로 감 껍질과 감물을 튀겨 가며 돌아갔지만 생각만큼 능률이 오르진 않았다. 감을 잡아 돌리는 모터만 달렸다 뿐이지, 나머지는 일일이 손이 가야 했고 일머리 없는 두 사람은 기계의 '시다바리'였다. 그나마 수다가 노고를 덜었다. 연예인 얘기도 하고, 동네 누구 흉도 보고, 최근 동생이 점찍어 뒀다는 여인의 사진도 보면서 킥킥대고…….

"근디 행님, 행님 집 이번 나락이 왜 그리 모자랐을까요?"

쭈욱 예능으로 갔으면 좋겠는데 다큐로 빠졌다. 그것도 하필이면 아픈 데를 찌른다.

"뭔 탓이 있겄냐. 땅이 거짓말하는 것도 아니고 내가 한 만큼 나온 거겠지."

아쭈! 의연한 척 형님 같은 목소리로 바꿔 대답했다.

"나도 그냥 관행농으로 할까 봐?"

농담조로 이어 갔다.

D 동생이 기계를 멈췄다.

"행님, 그건 아니제. 행님이 농사 얼마나 졌다고 그런 말 한다요. 행님이야 좀 좋소. 회원들이 있은께 행님 그렇게 농사짓는 거 이해해 주고 사 묵어 주고 허는 거 아닌가요. 나 겉은 놈은 기껏 애써 봤자 팔아묵을 디가 없은께 힘들지만은."

그냥 한 말인데 죽자고 달려든다.

"글고 행님, 관행농 관행농 헌디, 원래 관행농이 유기농이라. 조상들이 언제부터 약 쳤다고 약 치면 관행농이고 약 안치면 유기농이다요? 거 조상들 욕되게 허는 것 같아 그 관행농이란 말 맘에 안 듭디다."

배울 점이 많은 동생이긴 한데 자주 가르치기도 한다.

"중국이랑 FTA도 체결됐다고 그러고, 그냥 기운 빠져서 해본 말이여. 뭘 성을 내냐."

가라앉히려 해도 봇물 터진 입은 닫힐 줄 모른다.

"인자 뭘로 버틸란가요. 우리 동네서도 이번에 친환경 인증 포기헌 집이 겁나게 많대요. 최소한 사람 묵을꺼리는 제대로 지어야 헌디, 참……."

옆구리 쿡 찌르면 눈물이라도 쏟을 표정이다.

"사 묵는 도시 사람들도 무식허기는 마찬가집디다. 어치케 약 안 치고 유기농으로 지은 것들이 그렇게 하나같이 깨꼬롬하고 이뻐다요. 그런 것만 찾은께 억지로 갖다 붙이는 거 아닌가요."

D 동생이 약재를 끓일
압력솥을 닦아 주고 있다.
유기농업을 하려면 농약 대신
사용할 약을 만들어야 한다.

뭔가 더 얘기하고 싶은데 참는 분위기다. 말을 멈추고 나를 쳐다보는 게 노려보는 것 같았다.

"왜 나한테 화를 내냐. 내가 도시 사람처럼 보여 그러냐?"

동생이 금방 눈에서 힘을 뺀다.

"아, 행님, 그건 아니지요."

동생이 잠시 숨을 고르나 싶더니 또 못 참겠나 보다.

"전문가라는 놈이 중국이랑 품질로 승부허면 된다 그럽디다. 중국이 이때끔 품질로 팔아묵어서 그렇게 컸대요? 싼께 사 묵은 거 아니요. 그라믄 도시에선 중국 꺼 사 묵고, 농촌은 농민이 지켜라? 농민은 다 자원봉사자고 애국지산 줄 안갑네이, 씨부럴. 인자 대농들만 조깨 버티다가 다 무나지게 생겠어요, 행님. 대농이라고 중국헌테 이기겄소? 땅뎅이 크기가 다른디?"

되도록 대꾸를 안 했지만 얘기는 꽤 오래 이어졌다. 화풀이와 곶감 작업은 깜깜해지도록 계속됐고, 9시가 넘어서야 소주 뚜껑을 땄다.

다음날 아침, 과음 끝에 느지막이 일어나서 보니 땅이 젖어 있었다. 안개가 짙었나 싶었는데 빗방울이 보인다. 정신이 번쩍 들었다. 콩! 꺾어 말리느라 줄 세워 놓은 콩을 안 덮었다. 부리나케 농장으로 가서 포장을 덮는데 날이 갠다. 분명히 비가 오후에 온다고 들었는데, 새벽에 한줄기 지나갔나 보다. 그나마 다행이다 싶어 다시 포장을 벗겼다. '131'로 전화해서 일기 예보를 들으니 오전에 잠깐 오고 오후엔 그친단다. 마음 놓고 농막에 들어와 장화로 갈아 신고 커피 잔에 입을 대는데 또 후두둑거린다. 여기저기 네 군데 모아 놓은 콩더미를 다시 덮었다. 이후에도 포장을 열었다 덮었다 하는 비설거지 놀이를 세 번이나 더 해야 했다. 믿을 구석이 없다.

오전에 토란 캐고 오후에 양파 심으면 되겠다 싶었는데 왔다리 갔다리 하다 보니 화도 나고 몸도 지쳐 버렸다. 열받았는데도 몸은 비에 젖어 으스스 떨렸다. 옷도 말리고 몸도 녹일 겸 농막 난로에 불을 땠다. 잔가지 몇 개 넣고 토막나무를 넣으니 잘도 탄다. 그래봤자 잠깐이다. 난로는 나무 먹는 귀신마냥 흔적도 별로 남기지 않고 홀라당 태워 없애 버린다. 여기저기 구멍 숭숭 뚫린 농막은 금세 바깥 온도와 다를 바 없어진다. 지난겨울 우리 집도 그랬다.

동네에서 잘살던 집이라고 했다. 지붕엔 기와가 올라가 있고 벽엔 흙도 발라져 있었다. 방은 작았지만 목욕탕은 널찍했다. 살아 보니 자연 친화적인 집이었다. 밖이 더우면 집 안도 덥고 밖이 추우면 집 안은 조금 덜 추웠다. 바람이 심한 날이면 집 안에도 바람이 불었다. 옷장과 벽 사이에서 바람이 흘러나와 자려고 누우면 신선한 바람이 콧잔등을 넘나들었다.

겨울에 지리산 종주를 해보려고 장만해 두었던 장비들이 실내 용품이 됐다. 내복을 챙겨 입고 다운 파카를 꺼내 입었다. 캠핑용 방한 덧신을 신고 가끔은 발밑에 휴대용 가스히터를 놓기도 했다. 불 좀 때고 살지 그러냐고? 시골집 난방이란 게 그렇다. 도시가 아니니 도시가스가 들어올 리 없고, 기름보일러를 쓰는데 춥게 살아도 겨우내 네 드럼1드럼=200리터은 들어간다. 백만 원 돈이다. 보일러 컨트롤러는 내내 17℃를 가리키고 있었다. 아낄 마음도 있었지만, 희망 온도를 그 이상으로 높여 봤자 기온은 희망만큼 올라가지 않는다.

주변 집들도 그리 다르지 않다. 간전댁 할머니네도 들어가 보면 냉기가 안방 차지를 하고 있다. 옛날식 여닫이문에 창호지 붙인 게 방풍 장치 전부다. 화목 보일러를 설치한 집도 있지만, 기운 딸리는 노인들은 기름보일러를 쓸 수밖에 없다. 할머니는 1년 내내 두 드럼을 쓰신다고 했다. 50만 원으로 한겨울을 지내는 거다. 그것도 할머니에겐 큰 부담이다.

그나마 우리처럼 온도를 맞춰 놓지도 못하고 '외출보일러가 얼지 않을 정도로 가끔 작동되는 모드'에 놓고 쓰신다. 온수는 언감생심이다. 햇볕 좋은 날이면 집 마당에 커다란 고무대야 한가득 물을 받은 뒤 비닐로 덮고 고무줄을 감아 놓는다. 해 질 무렵 그렇게 미지근해진 물로 머리를 감으신다. 수도꼭지에서 나오는 뜨거운 물은 생각도 안 하고 사신다.

겨울이면 마을 회관에 어르신들이 북적거린다. 날마다 점심을 같이 해 드시고 가능하면 저녁까지 같이 잡수신다. 공동체 생활의 흔적이라고 보는 사람도 있는데, 사실은 집이 추우니 난방비도 아낄 겸 한곳으로 모이는 것이다. 혼자 사시는 어르신들은 가능한 늦게까지 회관에 계시고 싶어 하신다. 어쩔 수 없이 집으로 돌아가실 때면 지팡이도 땅에 끌리는 것이 영 힘겨워 보인다.

옷도 대강 마르고 난로 불도 약해지는 것 같아 토란밭으로 나서려는데 또 비가 온다. 콩 포장을 마지막에 걷었는지 덮었는지 헷갈려 뛰어나가 보니 얌전히 잘 덮혀 있다. 나한테 내가 속은 건데 또 열이 오른다. 음악이나 듣자 하고 라디오를 켜니 지방 자체 방송으로 FTA를 다루는 대담을 하고 있었다.

"그렇다면 우리나라 농산물 가운데 중국에 경쟁력이 있는 품목은 뭐가 있을까요."

"없죠……."

사회자도 당황한 듯하다.

"그러면 어떻게 해야 될까요? 농업이 살길은 찾아야 하지 않습니까?"

"가공품을 노려야 합니다. 예를 들면 김치 같은 거죠. 한류 영

향으로 중국 부유층들이 한국 김치를 선호하는 경향이 있다고 하지 않습니까? 그런 쪽으로 정책을 집중한다면……."

누군지 이름 좀 알고 싶었다. 제정신인가. 중국 농산물 들어오기 시작하면 곡물이고 채소고 가리지 않고 수입할 텐데, 값싼 중국 배추 들여와서 김치 만들어 되팔면 중국 멍청한 부자들이 사 먹을 거란 말인가? 아니면 우리나라 농업을 SM이나 JYP 같은 연예기획사에 맡겨야 한다는 말인가.

FTA가 체결될 때마다 '농축산업 피해를 최소화하는데 최선을' 어쩌고 한 게 몇 번째인지 모르겠다. 그렇게 최소화했다는 피해만도 이미 산더미가 됐다. 가랑비에 옷 젖고, 잔매에 골병들었는데 정신 못 차린 것 같다. 장담하건대, 아마 불과 몇 년 지나지 않아서 이런 뉴스가 나오지 않을까 싶다.

"산업계와 관련 기업들의 피해를 최소화하는 선에서 농산물 추가 수입을 제한하는 협상을 벌이고 있습니다만 사정이 여의치 않아 안타깝습니다."

분명히 그럴 거다.

오늘은 아내와 단풍 다 지나가기 전에 피아골 언저리라도 다녀오자고 했다. 간전댁 할머니와 전 이장님 내외분을 모시고 가기로 했다. 할머니를 모시러 가니 마른 누룽지와 양파 모종을 차에 실으셨다. 농장에 가시자는 말로 들으셨나 보다. 피아골로 향하는데 할머니가 어리둥절해하신다. "농장 안 가고 어디 간다요?" 물으시니 아내가 시치미 뚝 떼며 그런다.

"단풍놀이! 할머니 단풍놀이 안 가신 지 몇십 년 됐다며. 이럴 때 한번 가는 거지. 피아골 가서 닭백숙이라도 먹게."

좀처럼 언성 높일 줄 모르시는 할머니가 호통을 치신다.

"정신 나간 소리 허고 있어! 일 냄게 놓고 뭔 단풍놀이여! 나 안 가. 어지러워. 얼렁 내래 줘. 빼스 타고 갈란께!"

겸연쩍어 말씀드렸다.

"할머니. 정신 나간 세상 살려면 가끔은 같이 정신 나가야 덜 어지럽대요."

아내와 간전댁 할머니가 단풍 물든 피아골 산길을 함께 걸었다.
할머니는 일 놔두고 단풍 구경 간다고 호통을 치셨지만
아내에게 젊었을 적 구경 다녔던 기억을 한참 동안 풀어 놓으셨다.

그냥 하는 수밖에

연사흘 야근을 했다. 5년 전, 한 젊은 정형외과 의사가 발가락이 아파 죽겠다는 내게 혹시 야근하느냐고, 불규칙한 생활도 통풍의 원인 중 하나라고 겁주기 훨씬 전부터 야근이 싫었다. 지금 생각해도 참 같잖은 나이 때부터 이젠 늙어서 밤새는 게 쉽지 않다고 궁금해하지도 않는 사람들에게 떠들고 다녔다. 회사 접고 나서도 야근 안 해도 되니 좋다고 떠들었다. 그런 야근을 며칠째 하고 있다.

더 늦으면 안 될 것 같아 토란 캐고 양파 심고 울금 뽑고……, 거기다가 꾸러미 발송일까지 겹쳐 쌀 도정하고 포장하느라 야근에 마감 초치기까지 한 셈이다. 그거 싫다고 도망 와서는 헤드 랜턴까지 두르고 앉아 있는 꼴이라니. 누가 시켜서 하는 일이 아니니 욕할 대상도 없다. 손 느린 내 탓을 하는 수밖에.

느릿하고 굼뜬 건 입사 초기 때도 마찬가지였다. 한번은 취재를 피해 도망가는 취재원을 쫓아 열심히 뛰던 타사 선배가 뒤에서 걸어오는 나를 돌아보고는 "넌 새파란 놈이 왜 안 뛰어! 차장인 나도 뛰는데."라며 화를 냈다. "싫다는 사람 쫓아가는 게 싫어서요." 했더니 싹수가 노랗다고 소리를 지르며 다시 뛰어갔다.

한번은 검찰에서 나오던 고위 권력자의 차에 달라붙은 채로 차와 같은 속도로 뛰어가는 모습이 뉴스 생방송에 잡혔나 보다. 회사로 들어오니 선배들이 "와, 원유헌이가 웬일로 저렇게 열심히 뛰었냐."며 감탄했다. 차 창문에 팔이 끼어서 끌려간 거라는 설명은 안 했다. 차 안으로 집어넣었던 여러 팔들 중에 내 팔뚝만 안 빠졌던 게 창피했다.

운전도 느려서 이젠 순천에만 가도 겁난다. 끼어드는 차가 낯설고, 뒤에서 빵빵거리는 차들이 무섭다. 서울은 말할 것도 없다. 혹시 서울 갈 일 있어도 그냥 버스 타고 전철 타는 게 편하다. 헌데 이제는 사람들도 낯설다. 옷차림도 나와 다른 것 같고, 내가 촌사람인 줄 알아볼까 신경도 쓰인다. 유심히 보면 기운들은 없어 보인다. 하나같이 고개 숙인 모습은 겸손하다기보다는 패배자의 기본자세 같았다. 예전보다 길게 느껴지는 환승로에서 밀고 밀리며 걸어가는 사람들을 보며 '어디로들 저렇게 가는 건가? 뭐 하러 가는 건가?' 하는 의문도 들었다. 하긴 뭐, 나도 그냥 살았었는데 뭐.

그래도 이곳 야근은 밤하늘 올려다보면서 눈요기를 한다. 눈처럼 흩뿌려진 별 가운데서 북두칠성 찾기도 쉽지 않다. 학교 다닐 때 배웠던 오리온도 보고, W자 모양의 카시오페이아 날개에서 다섯 치 가면 있는 북극성도 찾고. 그렇게 울대가 뻣뻣해지도록 올려다보면서 걸어가다가 콩 말리는 덕석에 걸려 보기 좋게 넘어졌다. 늘어놓은 콩대에 얼굴 처박고 손도 까지고 무안해서 누가 본 사람 없겠지 하는데. 아직도 지 에미가 진돗개였는 줄 아는 희동이와 눈이 마주쳤다. '저것도 인간이라고, 쯧쯧.' 하는 듯한 안쓰러운 눈빛이 기분 나빴다. 조그만 돌멩이를 희동이한테 날리고 일어서는데, "캄캄헌 디서 뭣 헌가?" 소리에 깜짝 놀랐다. 유모차 할아버지였다.

"예 아무것두요. 헤헤."

유모차 할아버지는 한쪽 다리가 불편하고 눈에도 다친 흔적이 남아 있는 왜소한 노인이시다. 할아버지에겐 내가 농기구라고 주장하는 트럭이나 경운기는 고사하고 자전거조차도 없다. 운송 수단이라고는 언뜻 카트처럼 보이는 망가진 유모차뿐이다. 가끔 힘든 일을 할 때 도와 드리겠다고 하면 "괜찮애. 얼렁 가." 하신다. 어떻게 하려고 그러시냐고 하면 "그냥 허먼 돼." 하실 때가 태반이다.

하루는 근처 석재 공장에서 버린 석판을 유모차로 나르시기에

유모차 할아버지가 인근 석재 공장에서 버린 석판을
두세 장씩 고장난 유모차에 싣고 논으로 옮기셨다.
계산하지 않는 정직한 노동은 변화를 가져온다.

도와 드린다고 했더니 또 같은 대답을 하셨다. 그래도 "몇 장이나 옮기셔야 되는데요?" 여쭸더니 "몰라. 그냥 허는 디꺼지 헐라고." 하셨다. 나도 밭을 갈아 놔야 해서 어디에 뭘 심을지 이리저리 궁리하고 종이에 밭 디자인도 해보면서 농막을 들락거리느라 바빴다. 할아버지는 내가 집에 밥 먹으러 갈 때도, 다시 농장으로 올 때도 석판을 나르고 계셨다.

밭 정리는 결론도 못 내고 해는 저물어 가는데, 어떻게 작업하셨나 논두렁에 내려가 보니 석판 30여 장이 타일처럼 예쁘게 붙어 있었다. 석재상에서 논까지 거리가 1킬로미터는 되는데 기껏해야 두세 장씩 열 번은 왕복하셨을 걸 생각하니 얼굴이 붉어졌다. 내가 손가락 까딱거리며 효율성과 경제성을 따지는 사이에 할아버지는 느리게라도 계속 움직였고 내가 예상치 못했던 일을 해내신 것이다. 그제서라도 뭔가 해야겠다 싶어 괭이를 가져오는데, 귀가하시던 할아버지의 인사말이 그렇게 무거울 수가 없었다.

"늦게꺼지 애쓰네이."

그저께 아침 일찍 농업기술센터에서 콩 탈곡기를 빌려 왔다. 콩만 털면 이제 큰일은 끝난다. 곧 겨울잠 시즌에 들어간다고 생각하니 몽롱한 눈동자에 기운이 돌고 의욕도 솟구친다. 세팅을 끝내고 탈곡기 주둥이에 콩대를 한 다발 넣으니 따발총 소리를 내며 콩

빌린 트럭과 빌린 콩 탈곡기로 콩 타작을 했다.
시행착오를 겪은 뒤 몇 가지 장치를 보강해
콩 손실을 줄여 나가고 있다.

이 쏟아진다. 이렇게 경쾌한 드럼 소리가 있을까. 이렇게 유쾌한 효과음이 있을까.

신나서 콩을 털고 있는데 장씨 아저씨가 농장으로 들어오셨다. "아저씨, 얼른 마치고 아저씨 콩도 털어 드릴까요?" 기세 좋게 말씀드렸더니, "허어이, 똥구녁으로 콩 다 빠져나가네이." 하신다. 무슨 말씀인가 하고 탈곡기 배출구 쪽을 살펴보니 부채꼴 형태로 한 10미터 거리까지 콩알이 퍼져 있다. 바람 조절을 잘못한 탓에 배출구로 떨어져야 할 콩이 사정없이 날아간 것이었다.

"헛일허고 있네, 이런. 좀 봐 감서 해야제 눈앞만 보고 헌단가 그래."

기운이고 의욕이고 콩 따라 날아가 버렸다.

콩을 다시 주워 담을 일이 까마득해서 탈곡이고 뭐고 다 싫어졌다. 대형 선풍기로 콩깍지를 날려 버리면 콩 줍기가 편할까, 진공청소기 주둥이를 콩 모양으로 맞춰서 빨아들이면 안 될까 하다가 콩에 철분이 많다면 자석에 쫙 붙을 텐데 하는 유치원생도 안 할 수준 낮은 상상까지 이어졌다.

"뭔 생각 헌가. 내뿔 생각 아니면 거둬야제. 엄헌 대그빡 쓰지 말고 그냥 주워!"

아저씨는 남의 속을 들여다보는 재주가 있는지 호통치듯 말씀하고 가셨다.

탈곡기에서 튀어 나간, 콩알만 한 콩들.
풀과 콩깍지 사이를 샅샅이 뒤져야 한다.
굵은 손가락이 또 원망스럽다.

버려둘까 하는 잔인한 생각도 들었지만 그럴 수는 없었다. 곡식이라서가 아니다. 콩과 나는 그 뜨거운 여름내 함께 지열을 견디고 풀을 이겨 내며 힘겹게 결실을 맺은 전우요 동지였기 때문이다. 세상에 둘도 없는 콩이다. 그래, 일단 줍자. 이것저것 재지 말고 그냥 줍자. 시작이 반이요, 반나절이면 될 일이다.

모두 오산이었다. 점심밥도 농장에서 때우며 콩 줍는 데 집중했건만 날이 어두워지도록 절반도 못했다. 시작도 못한 셈이다. 힘쓰는 일도 아니고 오리궁둥이 달고 다니며 앉아서 주웠건만 잠자리에 누우려니 끙끙 소리가 절로 났다.

사실 조그만 콩을 긴 시간 줍는 게 쉬운 일은 아니다. 적어도 나한테는 그렇다. 기럭지는 김병만 쪽인데 손가락 굵기는 최홍만 쪽인 저주받기 직전의 몸뚱아리가 내 안의 적이다. 하지만 약점이 장점이 되기도 한다지 않는가. 이런 특이 체형이라도 어떤 일에는 유리하지 않을까 다시 생각해 봤더니 그런 건 없다. 그냥 사는 수밖에.

'땅거지 작업'은 다음 날 하루를 다 잡아먹었다. 막바지 작업은 다시 헤드 랜턴을 써야 했다. 마침내 일을 끝내고 나서는 스스로 대견해했다. 요령 부리지 않고, 괜한 계산하지 않고 해낸 일이라 더 뿌듯했다. 그러고 나니 슬그머니 궁금했다. '내가 주운 콩이 얼마큼일까? 일 다 하고 나서 재보는 건 나쁜 버릇은 아니잖아?'

저울을 대령해서 계산을 시작했다. 따로 주운 콩은 총 3.5킬로그램, 콩 50알로 평균을 내보니 한 알당 0.3그램, 그러면 콩알 수는 약 1만 2천 개, 다 거두는 데 열 시간 걸렸으니 쉬지 않고 3초당 한 개 정도씩 주운 셈이다. 열악한 신체 조건으로 참 멋지게 해낸 거다. 콩이 그만큼이면 얼만가 알아보니 약 5만 원, 괜히 계산했다. 다시 우울했다.

다음 날 울금을 조졌다 식재료를 정리할 때 할머니들이 쓰는 표현이다. 울금가루를 내려면 우선 절편 모양으로 썬 다음 쪄서 말려야 한다. 내가 누군가. 조리사 자격증은 없어도 조리사들이 부러워하는 칼솜씨를 지닌 퇴역 취사병 아닌가. 20킬로그램 정도니까 600아르피엠 속도로 두어 시간이면 충분할 줄 알았다.

결국은 일곱 시간이 걸렸다. 검지 손톱 귀퉁이도 날려 먹었다. 뭐든지 생각하는 것보다 세 배는 더 걸린다. 작년에도 재작년에도 그랬다. 하는 일마다 막판에야 '이렇게 하면 잘되네. 진작 이렇게 할걸.' 하는 생각 역시 해마다 했다. 계산법도 서툴고 학습 능력도 떨어진다. 내년에도 또 그럴 거라 생각하니 가슴이 답답하다. 그래도 그냥 하는 수밖에 없겠지.

오랜만의 칼질로 뻐근해진 손목에 파스를 붙이는데, D 동생이 들어왔다.

"아, 행님, 촌시럽게 파스가 뭣이다요. 일 못헌다고 티내시오, 시방."

면박을 준다. 파스 크기가 작다지만 두 장을 붙였는데도 사이가 뜨는 게 영 신경이 쓰여 손으로 잡아당겨 꾹꾹 누르고 있었다.

"오죽 격무에 시달렸으면 그러겠냐." 답했지만 모자란 일솜씨를 부정할 순 없었다.

동생은 차 한잔 마시자면서 호號 얘기를 꺼냈다.

"행님, 구례에서 글 좀 읽고 글씨 좀 쓰는 분들은 다 호가 있어요. 행님도 뭐 하나 허시제."

농사도 제대로 못하는데 무슨 호 타령인가 하다가 "내 호? 그냥! 그냥 원유헌으로 불러 줘." 했다. 뭔 소린가 쳐다보더니 의미를 설명하니까 동생도 좋단다.

"낙관 하나 파시지요. 그냥 선생."

별 것도 아닌 얘기로 낄낄거리다 보니 기분도 나아진다.

"근디 행님, 손목은 어찌다가 그러셨대요. 언 땅에 삽질이라도 허셨는가요."

썰어 놓은 울금을 가리키며 "오랜만에 칼솜씨 좀 꺼내 쓸라니까 힘드네. 그래도 일곱 시간 만에 다 했어. 훌륭하지?" 으쓱해하며 답했다. 동생이 허탈해하며 타박했다.

"행님, 좀 물어보기도 허고 요령도 부려 감시로 허씨요. 이거

기계 빌려 와서 허면 30분이면 허요. 왜 근다요. 짠허게."

애기를 듣고 나니 괜히 부아가 났다. 마음을 몰라주는 것 같기도 하고 바보 취급 받은 듯도 했다. 동의해 주기 싫었다.

"냅둬! 그냥 그렇게 살란께! 어따 지적질이여."

나도 모르게 나온 사투리에 조절 안 된 톤으로 질러 댔지만 기분이 안 풀린다. 기계가 있는 줄 알았어도 그냥 칼질을 했을까. 내가 봐도 내가 적잖이 짠하다.

3부
겨울, 쉬어도 되고 쉬면 되는데

"
나 이제 잘 안 하고 잘 살기로 했거든!
쉼표 한번 찍을 테니까 그런 줄 알어.
"

취중 연말 정산

밤 9시. 혼자 한잔한다. 낮에 눈 오는데 뭐 하냐고 막걸리나 한 사발 하자는 친구 전화를 꾸러미 포장하느라 바쁘다고 끊어 버린 뒤부터 술이 댕겼나 보다.

택배비 10여만 원 내고 나니 지갑은 비었고, 돈을 벌러 다니는 건지 쓰러 다니는 건지 모르겠다는 혼잣말에 우체국 직원은 "아이고, 원 사장님, 그래도 보낼 게 있으니 다행 아닌가요." 했다. 수염도 못 깎은 꼴을 위로하고 싶었나 보다. 그러고 보니 나보고 또 사장님이란다. 이곳에선 '사장님' 이라는 말을 자주 듣는다. 뭐라고 불러야 할지 애매한 모양이다. 형님이라고 부르자니 동생 소리 듣긴 싫고, 선생님이라고 하자니 별로 배운 것 같진 않고, 그냥 누구 씨 했다간 한 대 맞을 것 같을 때 흔히들 사장님이라고 부르는 것 같다. 그래, 뭐 어떠랴. 출퇴근 쉬는 날 내 맘대로고 이래라 저래라 시키는 사람 없으니 사장님이랑 비슷하지 뭐. 월급 줄 직원 없으니 더 좋고.

밖을 내다보니 눈도 계속 내리고 조금 더 마시면 좋겠는데 하얀 동네는 이미 캄캄하다. 서울에서는 한참 더 달려도 괜찮을 시간이지만, 여기선 전화해 봐야 욕이나 먹을 시간이다. 혼자 먹는 술은 맛이 별로 없다. 허나 어쩌랴. 아내는 술을 못하고 선재는 아직 어리다. 후회스럽다. 선재를 조금 일찍 낳았어야 하는 건데. 선행 학습을 시킬까?

메주도 쒀서 매달아야 하고 볏짚 묶어서 정리도 해야 하고 이런저런 일이 남았지만, 올해 마지막 꾸러미를 보내고 나니 1년 농사를 마무리한 기분이다. 더워 죽겠다고 풀 땜에 못살겠다고 구시렁거린 게 얼마 전인데, 아궁이에 불 때면서도 춥다고 주절댄다. 그렇게 당연스레 또 반복하는 것일까. 야심차게 "삼세 번!"을 외치며 시작한 올해 농사, 30년을 해도 모를 농사를 세 번만에 잘해보겠다니 애초부터 생각이 글러먹었다. 소주가 쓰다. 올리고당도 넣었다는데.

며칠 전 월요일, 나락 여덟 포대를 싣고 정미소에 갔다. 사람이 평소보다 많았다. 화요일부터 눈이 쏟아진다는 소식에 바람 덜 불고 맑은 날 방아 찧겠다고 모여든 것이다. 한참 기다리다가 바로 앞에 선 어르신 순서가 돼서 경운기에서 나락 포대 내리는 걸 돕다 보니 우리와 이웃한 논을 짓는 어르신이다. 반가워 짧게 인사드리고 일단 나락부터 정미기 구멍에 쏟아붓는데 기계가 멈췄다. 설마 했지만 불길했고 적중했다. 정미소 주인이 고장 난 모터와 장시간 씨름을 했지만, 결국은 남원에서 기술자를 불러야 했다. 도정은 다음 날이나 된단다. 하필이면 내 앞 차례에서. 하긴 나락 넣다가 걸린 분도 계시긴 하지만.

수요일에 꾸러미를 보내기로 했으니, 화요일엔 도정을 마쳐야 했다. 스키장 제설기가 뿜는 듯한 눈보라를 뚫고 정미소에 도착하니 어제 그 어르신과 나뿐이었다. '혹시' 하는 생각을 애써 접고 '날씨는 안 좋아도 사람 없어 좋다.' 생각하며 기다리는데 돌던 기계가 다시 멈췄다. 이번엔 그 옆 라인 모터가 돌아가셨단다. 왜 슬픈 예감은 틀린 적이 없나. 전날에 이어 두 번째 넣다 걸린 어르신 앞에서 앓는 소리 하기도 미안했다. 별 수 없다. 호흡 가라앉히고 될 때까지 기다리는 게 최선이다.

"논 말고도 농사가 많은가?"

난로도 없는 대기실에서 어르신이 물으셨다. 무료하실 것 같아 주저리주저리 길게 말씀을 드렸다. 어둡지 않게 말씀드렸는데 어르신이 다시 물으셨다.

"근께 뭣 헐라고 내래오셨는가. 힘들지 뻔히 암서."

꾸러미 보내는 날을 기억하시는
간전댁 할머니가 무청 시래기
삶는 것을 도와주셨다.
세척부터 삶고 갈무리하는 방법까지
손수 보여 주시며,
“내가 해줄 거이 이거밖에 없어요.” 하셨다.
우리는 해드린 것도 없는데
늘 같은 말씀을 하신다.

대기실 공기가 급격히 춥고 무거워졌다.

“그러게요.”

옹색한 대답이었다.

“인자 지을 농사가 없어. 모르겄네. 내년 봄에 뭘 숭거야 헐지…….”

대꾸해 드리기도 겸연쩍어 뒹굴던 신문을 집어 들었다. 외국에서 들어오는 잡곡이 잘 팔려 국내산 콩값이 작년 절반이라는 얘기, 감자 저장량이 많아서 내년 봄 출하될 햇감자도 똥값일 거라는 예상, 양파는 아예 안 심어도 내년에 먹고 남을 만큼 쌓여 있다는 기사들이 이어졌다. 접어 뒀다. 어르신이 내다보는 창 밖에는 눈이 수평으로 흩날리고 있었다.

“허허어, 살벌하구만.”

날씨만 두고 하시는 말씀이 아닌 것 같다.

어렵사리 도정을 마치고 곶감을 가지러 농장에 갔는데 장씨 아저씨가 기다렸다는 듯 따라 들어오셨다.

“뭣을 그렇게 바쁜 척허고 돌아댕긴가. 커피나 한 잔 주소.”

아무리 바쁠 때 오셔도 반가운 분이다.

“방아 찧고 왔어요.”

서둘러 커피를 타 드리는데 아저씨가 자랑하신다.

"금년엔 우리 나락도 거의 친환경이여. 거의 안 쳤어."

농약을 다른 해보다 적게 뿌렸다는 말씀이다.

"내년에도 조금 줄여 보시면 되겠네요. 그러다가 진짜 친환경 하시는 거죠 뭐." 했더니 아저씨 안색이 바뀐다. "이봐, 내가 왜 친환경을 안 헌지 안가?" 역습이다.

"팔 디가 없어. 지어 봤자 팔아묵을 디가 없다고. 알겄는가?"

"아저씨, 화나셨어요?"

"자네헌테 화난 것이 아니라, 그냥 부애가 나."

"왜요?"

아저씨 말씀은 이랬다. 얼마 전에 남원에 볼일이 있어서 갔다가 대형 마트에 들렀는데 친환경 농산물 코너가 있어서 둘러보셨단다. 아저씨는 두 번 놀랐단다. 생각보다 가격이 비싼데 놀라고, 친환경 농산물인데 그렇게 깨끗할 수가 없어 놀랐단다. 50년 농사 전문가가 봐도 농약을 안 하고는 도저히 나올 수 없는 물건들이었단다. 서울에서 내려와 친환경으로 농사짓겠다고 설치는 어떤 놈이 우습기도 했지만 응원하는 마음이 더 컸고, 늦게나마 '나도 한번' 하는 생각이 들었는데 좌절감을 맛보신 거다.

"보소, 내가 아무리 물건을 좋게 맹글어 봤자 그런 큰 가게에 뚫고 들어갈 재간이 없네. 중개업자한테 넘기면 그만큼 받기도 힘들고. 어쩔 수 없잖은가."

뭐라고 드릴 말씀이 없었다.

"글고 말이여, 도시 사람들이 그렇게 이삐고 깨꼬롬한 것만 찾는디 나는 약 안 치고는 그렇게 맹글 재간이 없어. 좋고 나쁜 건 벌거지가 더 잘 아는 벱이거든. 거기 있던 물건들 약 쳤다고 의심허는 거이 아니라, 나는 그렇게 맹글 재주가 자네만큼도 없단 말이네. 농약 치는 것을 사람 아플 때 약 먹는 것이랑 똑같다고 생각허고 살았는디 어치케 하루아침에 바뀌겄는가."

속상한 마음을 감출 생각이 없으신가 보다.

"자네는 계속해 봐. 내가 본께 그렇게 허면 되겄어. 자네는 인터넷으로도 잘 팔아묵지 않는가. 힘들어도 허는 놈은 해야 되는 것이고, 그러다 보면 도시 사람들도 알아주겄지. 내가 쫌만 젊어도 어치케 해보겄는디, 인자 안 돼."

아저씨 말씀이 짠하기도 하고 고맙기도 했다. 다른 어르신들이 "그렇게는 안 돼." 하실 때도 아저씨는 "함 해봐. 잘 안 되면 내 꺼 나눠 주께. 일단 함 해봐." 말씀해 주셨다. 그 말씀 덕에 이나마 해왔는데, 아저씨가 기운 빠진 모습을 보이니 내 기운도 따라 빠지는 게 당연했다.

잠시 소주잔 내려놓고 금년 장부를 들춰 봤다. 가계부와 농사일지를 보니 그래도 작년보다 잘 해냈다. 농사 수입도 조금 더 커졌고, 아르바이트 수입도 늘어서 잘 마무리하면 적자 폭은 줄일 수 있게 됐다. '적게 먹고 가늘게 싸자.'는 기치를 들고 내려와서 비록 먹는 걸 줄이는 건 실패했지만, 근근이 남한테 손 안 벌리고 살고 있다. '적게 먹고'를 실현한다면 흑자 원년도 당길 수 있을 것 같다.

춥고 습했던 집에서 깨끗한 집으로 이사도 했다. 그 덕으로 몸이 좋지 않던 아내도 건강이 나아지는 듯하다. 그렇게 기운이 생긴 후유증인지 다툼도 늘었지만, 그저 건강만 해도 감사할 일이다. 아내가 이 집 저 집에서 가져온 김장 김치 때문에 올해도 김장을 걸러야 하는 게 아쉽긴 하다.

이곳에 내려와 초등학교를 졸업한 아들도 내년이면 고등학생이 된다. 내려와서는 하고 싶다는 것도 많았고 할 수 없는 것에 대한 아쉬움도 많았다지만, 무엇보다 제가 잘 못하는 것에 대해서는 힘들어하지 않고 스스로를 잘 위로하는 것 같아 대견하다. 그리고 대견한 건 대견한데 조금은 괴로워해도 괜찮다고 말해 줄까 생각중이다.

다 좋은데 내년 농사가 걱정이다. 나야 작물을 좌판에 내놓는 것도 아니고, 뒷심 든든한 회원들 덕분에 소신껏 운영할 수 있지만 시장을 무시할 수는 없다. 상황을 봐가며 회원들이 만족할 수 있는 종목과 물량을 정해야 하는데, 사실 지금은 어떤 석학이나 농사 베테랑도 예상 적중률을 장담할 수 없는 상황이다. 지금 생각 같아서는 농촌 초유의 안식년 제도를 도입해 볼까도 싶고, 날씨와 상관없이 주 5일제 근무를 시행해 볼까 싶기도 하다. 겨우 3년 농사짓고 지친 거냐고 의심하는 사람도 있을 텐데, 그 의심이 틀리지 않다. 조금 지쳤나 보다. 물론 따순 봄이 돌아오면 또 몸이 근질거리고 잘할 수 있을 거라는 막연한 자신감도 새순 따라 올라올 거다. 그 막연함이 또 문제가 되겠지만 말이다.

스마트폰 유감

동지가 지나면 노루 꼬리만큼씩 길어진다던 해가 개 꼬리만큼 자랐나 보다. 주머니 속 전화기가 "여섯 시예요!"라고 야무지게 알려 주는데, 노고단에 아직 볕이 남아 있다. 해가 길어지면 따순 날이 가까워졌다는 신호일 텐데, 아직 그런 징조는 보이지 않는다. 내심 다행이다. 조금 더 쉬고 싶으니까.

아직은 한겨울, 쉬어도 되고 쉬면 되는데 뭐가 불안한가 싶지만, 푹한 날씨에 여기저기서 경운기가 따발총 소리를 내면 영 맘이 편치 않다. 그럴 때는 밭에 가서 괜히 흙이라도 발로 한번 차고 와야 마음이 놓인다. 어슬렁거리며 마을 회관에 모여 수다를 떨다가도 바람 잦아들고 볕이 좋아 "일허기 딱 좋은 날이네." 하며 자리 떠나는 사람들을 보면 왠지 서운하고 얄밉다. 제 일 제가 하는 건데 말이다.

나는 아무리 봐도 '일찍 일어나는 새Early bird' 는 아니다. 지금까지 새벽에 일어나 본 적이 열 손가락 안짝이다. 겨울이면 자연에 순응하며 겨울잠 자야 한다고 늦게 일어나고, 여름이면 애써 눈을 떠 봐도 늘 창밖이 훤하다. 여름철에 늦게까지 일하는 모습을 본 어르신들은 "아이고, 원샌, 참말로 애쓰요." 하며 칭찬하시지만, 늦게 시작해서 일이 더딘 줄 모르고 하시는 말씀이다. 반세기 가까이 그렇게 살아온 걸 어쩔 것인가. 하긴, 새가 뭐 일찍 일어나는 애들만 있나. 난 그냥 부엉이나 올빼미 하면 되지 뭐. 대가리 크고 뚱뚱한 새들은 대개 야행성이더라.

일도 부지런하지 못하지만 생활 방식도 마찬가지다. 흔히 말하는 얼리어답터와는 거리가 멀다. 나도 어디엔가 속하고 싶어서 반대말이 뭐 있을까 찾아보았다. 레이지어답터Lazy adapter, 레이트팔로워Late follower, 뭐 이런 말을 갖다 붙이는데 잘 안 어울린다. 굳이 말하자면 그냥 구닥다리다. 남들은 새로운 기계만 나오면 동공을 확장하고 머리를 해면체로 만들어 쫙쫙 흡수하지만, 난 '굳이 뭐…….' 하며 살아왔다. 처음부터 관심이 없었던 건 아니다. 언젠가부터 '새로운 것' 이 등장하는 주기가 점점 짧아지다 보니 쫓아가자면 부지런을 떨어야 하는데, 아마도 그 '부지런' 대목에서 포기하지 않았나 싶다.

올해 초 그런 내게 반쯤 똑똑한 물건이 생겼다. 아내가 전화기를 바꾸면서 쓰던 단말기를 주었고, D 동생도 기기 변경 했다고 "행님, 이거이라도 함 써보실란가요?" 하면서 말끔한 헌 기계를 하사했다. 지들은 문지르면서 받는 전화를 아직도 홀라당 까서 통화하는 게 보기 안쓰러웠던 모양이다. 어쨌든 흔히 말하는 '공폰'이 두 개나 생긴 거다.

사실 농사짓다 보면 가끔 스마트폰이 아쉽기도 하다. 고추에 이상한 증상이 보인다거나 감자 잎이 누레지거나 하면 남들은 농약방 가서 진단과 처방을 받지만, 소위 유기농을 한다는 자가 그럴 수는 없고 뭔가 대신 해줘야 할 때가 문제다. 그 자리에서 알아보고 빨리 어떻게 해주고 싶은데 그럴 수가 없다. 아는 사람한테 전화로 물어보는 것도 한두 번이다. 그 사람도 뻔히 일하고 있을 시간인 데다 흙 묻은 손으로 전화 받는 게 얼마나 귀찮은 일인지 잘 아니까 말이다. 잘 기억했다가 집에 와서 인터넷에 물어봐야 하는데, 정작 집에 오면 머리에 끼얹는 물에 두피 안쪽까지 깨끗해지는 게 다반사다.

간혹 어쩌다 퍼뜩 생각이 나서 인터넷에 들어가면 포털 사이트 대문에서 샛길로 빠진다. '충격, 황당, 헉, 이럴 수가, 했더니…….' 뭐 이런 뻔한 단어에 낚여 돌아다니고 눈을 맑게 해주는 사진들 좀 보다 보면 '여긴 어디? 나는 누구?' 상태가 된다. 한참 방황한 뒤 왜 컴퓨터를 켰는지는 생각도 안 해보고 '종료' 버튼을 누른다. 정

처음 써보는 스마트폰.
보통보다 심하게 굵은 내 손가락을,
그것도 엄지손가락을 인식해 주는 것이 신기하다.
사람 홀리는 것이 요물 아니면 귀신이다.

말로 끄겠냐고, 볼일 다 봤냐고 자상하게 한 번 더 물어봐 주는데도 확신을 가지고 'Y'를 누르고는 바로 잔다. 그러고는 다음 날 농장 가서 다시 고추와 감자를 본다.

어쨌든, 들고 나가서는 쓸 수도 없는 가정식 스마트폰이지만 쓰다 뺏기지 않으니 좋았다. 검색 속도는 컴퓨터보다 빨랐고, 동영상도 팍팍 돌아갔다. 두 기계에 이미 깔려 있는 어플리케이션을 살펴보는 것만으로도 재미있었다. 정말 별 게 다 있다. 세상에 모든 기계가 손바닥 안에 다 들어와 있는 느낌이었다. 이놈 때문에 망해 나가는 회사들이 눈에 선했다. 게임이라고는 '어떤팡' 도 못하는 겜맹이지만 남들 두 배만 한 내 손가락을 정확히 느껴 주는 게 고마웠다. 자리 잡고 앉아 노트북으로만 가끔 들어가 보던 '얼굴 책' 을 침대에 누워서 볼 수도 있었다.

최근 농촌에서도 SNS를 이용한 판매에 관심이 늘고 있다. 지자체에서 교육도 활발히 하고 있고, 이를 적극적으로 활용해 적잖은 매출을 올렸다는 젊은 농부들 얘기도 들린다. 나도 지금은 봉투에 편지 넣어 꾸러미와 함께 보내는 걸 더 좋아하지만, 나 혼자 좋자고 언제까지나 그럴 수는 없다. 적절한 소통도 해야 하고, 회원들 의견을 축적할 필요도 느끼고 있다.

동네에서도 젊은 축에 속하는 사람들은 스마트폰을 많이 쓰는 편이다. 그렇다고 꼭 기계에 매달려 사는 건 아니다. 한 친구도 지난 달 변기 물에 젖어 망가진 스마트폰을 버리고 공책만 한 단말기를 장만했다.

“이왕 새 거 샀는데 SNS 한번 제대로 해봐. 옆 동네 H는 물건 제대로 팔아먹더만.” 했더니 “에센 뭐? 그거이 뭐여. 담배여?” 하더니 전화기를 찾는다. “에이 또 차에 놓고 왔네.” 트럭에서 전화기를 들고 오는 친구한테 한마디했다.

“야, 넌 전화가 카폰이냐? 전화해도 통화가 돼야 말이지. 지 엉덩짝만 한 걸 사갖구. 뭔 톡이니 스토리니 그런 거 안 해?”

“몰라. 그런 거 귀찮아서 안 해.”

“그럼 뭐 하러 샀대. 그걸루 음악이라도 듣냐?”

“뭣 헐라고 요걸로 들어. 장에서 5만원 주고 라디오 샀는디, 아직 같은 노래 한 번도 안 나왔그마.”

라디오 모양의 기기에 3천 곡 정도 가요를 저장해서 파는 걸 말하는 거다. 전화기는 전화기일 뿐이라는 태도다.

보아하니 아무래도 도시 사람들이 기계를 잘 써먹는다. 엊그제 후배들이 내려와서 구례 관광을 좀 하다 갔다. 성삼재니 피아골이니 다니면서 연신 사진을 찍어 댔다. 걔들도 나랑 비슷하게 팔 짧고 얼굴 커서 셀카에 불리한 조건이 분명하건만, 굳이 그 얼굴 세 개를 다 넣어서 찍으려고 애도 많이 썼다. 확인해 보면 가장자리에 선 사람은 눈이 하나씩밖에 없는 사진이 태반이었다.

뭐라도 요기 좀 하려고 식당에 들어가면 음식 나오자마자 찍고, 찍은 사진 올리고, 댓글에 또 댓글 달고, 종일 기계만 들여다보면서 낄낄댔다.

"야, 니들 나 보러 온 거냐 아니면 구례 중계 방송하러 온 거냐. 얼굴 보고 얘기 좀 하자, 엉!"

"아, 형, 미안해요. 얘들이 형 보고 싶대요. 형이 여기다 댓글 좀 달아 줄래요?"

"잘 지낸다고 니가 쓰고 이거나 먹자. 이러다가 니들 여기 와서 사진 찍고 올린 기억밖에 더 나겠냐!"

"그러게요." 하면서도 고개는 들지 않았다. 내내 그러다가 올라갔다.

어떤 인문학자가 말하기를, 인간은 사회적 존재이긴 하나 주로 가족 단위로 생활해 왔는데 대가족제가 무너지면서 외로움을 느끼게 됐단다. 작금의 사회적 현상은 이러한 외로움을 이기기 위한 몸부림이라고 했다. 인간이라는 게 누군가와 연결돼 있지 않으면 자연히 고립감과 불안감, 소외감을 느끼게 된다는 얘기다.

요물은 필시 요물이다. 호시탐탐 TV를 노리던 아들도 비교적 늦었다는 중3에 스마트폰을 얻은 뒤 애가 변했다. 웬만하면 방에서 안 나오려고 하고 잔다고 불 끈 뒤에도 이불 뒤집어쓰고 스마트폰에 열중했다. 구입하기 전에 '스마트폰 사용 10계명' 을 정하고 서명까지 했건만 별무소용이었다.

얼마 전엔 마루에 있는 컴퓨터 바탕 화면에 뭔가 다운을 받아 놓은 흔적이 있었다. 열어 보니 밤에 보는 건지 들에서 보는 건지 하는 동영상이었다. 분명 기계에 옮겨 담았을 것이고, 뜨거운 청춘의 온도를 조절하는 데 이용할 것이다. 뭐라고 하진 않았다. 나도 그맘때 친구들과 학교에서 사진을 감상하다가 선생님들 어깨에 근육통깨나 남겼지만, 그런다고 딱 끊었던 건 아니니까. 대신 어디에서건 뒤처리는 깔끔하게 해달라고 당부하는 것으로 아빠의 위엄을 보이고 심적 부담을 안겼다.

다행히 며칠 전 선재가 고등학교 들어가면서 피처폰으로 바꾸겠다고 고마운 선언을 했다. 지가 생각해도 영 조절이 안 되는 모양이었다. 연신 딸꾹거리며 자기 좀 봐달라는 소리를 외면하는 건 내가 봐도 쉽지 않은 일이다. 메시지를 많이 쓸 수 있게 해달라는 조건은 붙었지만 얼마든지 환영할 만한 계약이다.

씻고 나와서 잠자리에 누워 기계를 들여다보다가 나한테 딱 맞는 게임 하나를 찾았다. 스도쿠라고 몇 년 전 책까지 사들이며 열을 올렸던 퍼즐이다. 화장실에 갈 때도 스도쿠 책과 볼펜을 끼고 가는 통에 변비까지 올 뻔했는데, 다운받아 보니 그렇게 예쁘고 편할 수가 없다. 온라인이 아니라도 할 수 있으니 농막에 앉아서도 능히 즐길 만했다.

옛 실력이 줄지 않았음을 확인하며 빠져들었다. 최고 수준의 문제를 어렵게 풀어 가면서 스스로 대견해했다. 졸음을 참아 가며 한 시간 정도 하다 보니 담배가 댕겼다. 볼일은 없었지만 한 대 피울 겸, 기계를 들고 화장실로 갔다. 선 채로 담배를 물고 기계를 들고 문제를 풀어 나가자니 손이 모자랐다. 좌변기 뚜껑을 열고 의자 삼아 앉았다. 널찍한 허벅지에 올려놓고 하니 편했다. 이리저리 숫자를 넣어 보고 빼봐도 풀리질 않았다. 신경이 쓰였나 배가 살살 아팠다. 떡 본 김에 제사 지낸다고 힘을 줬다. 그리고 바로 깨달았다. 알았을 땐 늦었다. 의자에 앉으며 바지 내리고 앉는 사람이 어디 있겠나.

빨래를 널면서 생각했다. 이게 사람을 홀리는구나. 요물이 아니라 귀신이여 귀신. 참나, 단단히 홀렸나 보다. 지 탓이 아니라 귀신 탓이란다.

잘 안하고 잘 살란다

"오랜만이시. 뭣 헌가?"

장씨 아저씨가 농막에 들어서다말고 멈칫하신다.

"난리통이그마."

작년 내내 미뤘던 농막 청소를 하느라 쓰레기부터 분리하고 정리하는데, 좋게 말해 난리통이지 그냥 커다란 쓰레기통이었다.

"이제 사람같이 살아 보려고요, 헤헤."

근 열흘 만에 아저씨를 보니 반가워서 나름 귀엽게 웃어 보였는데, 거울에 비친 내 얼굴이 내가 봐도 징그럽다. 얼른 웃음기를 거뒀다.

"커피 하실래요?"

말만 들으면 무슨 드립 커피라도 낼 것 같다.

"나라도 난리고 여기도 난리고 정신 사납네."

"나라가 왜요?"

"아, 연말 정산인지 뭣인지 뉴스만 틀면 그 얘기드마. 그거이 뭣이 어치케 됐다는 거여?"

대강 설명을 드리는데 쓴 커피 때문인지 찡그린 표정이 내내 풀리지 않으신다.

"뭔 말인지 알겄는디, 그거이 정부가 납작 엎드릴 일인가?"

"왜요, 잘못했으면 잘못했다고 해야죠."

"말귀를 못 알아묵는그마."

아저씨는 남은 커피를 원샷하시더니 역정을 내신다.

"여태까지 정부가 잘못했다고 빌 일이 한두 가지였는가. 그러고도 이렇게 빌어 본 적이 한 번이라도 있었는가. 자네도 생각해 봐. 이게 그렇게도 크게 잘못헌 일이냔 말이여."

여전히 아저씨를 뚫어져라 봤지만 의중을 파악할 수 없었다.

"기자놈들 때문이여!"

"엥, 왜요?"

"기자놈들이 즈그들 손해 본께 이렇게 떠들어 대는 거 아니여. 연봉이 7천만 원인가 되면 더 많이 걷는담서. 딱 그 정도 안 된가? 근께 난리 난 것 겉이 온 나라가 시끄럽고 정부도 두 손 드는 것이고. 아니여? 내 말이 틀려?"

"에이, 아저씨도. 그건 좀……."

"아니라고? 농사꾼덜이 기자해 봐라. 기자가 농사를 짓던가. 농사도 금방 좋아지제!"

비약이 없지 않지만 그럴 법도 하다 싶었다. 아저씨는 그냥 좀 억울하셨던 거다. 세금 조금 더 낸다고 뭘 그렇게까지 떠드나 싶기도 하고, 조삼모사 같은 정부 발표에 끓어올랐다 식었다 하는 것도 좀 우습고……. 그 반 푼어치만 농촌에 신경 써도 고맙겠다는 게 말씀의 요지였다. 처지가 바뀌었다고 생각도 이리 쉽게 바뀌는 건지, 나도 어느 결에 아저씨 말씀에 고개를 끄덕이고 있었다.

"쫌 있으면 입춘이여……."

농막을 나서면서 아저씨가 하시는 말씀이 묘했다. 입춘이라 어떻다는 건지, 어찌 하라는 건지, 알 듯 모를 듯 그랬다.

"잘해야죠."

따라나서던 내 대답도 애매했다. 아저씨는 잠깐 걸음을 멈추더니 딴소리를 하신다.

"잘허라는 소리가 아니여. 뭘 어치케 잘헐라고. 나도 잘 못허고 산디. 그냥 그렇단 거여. 토란 씨 안 얼었제? 잘 납뒀다 좀 줘이."

아저씨, 오늘 따라 뜬구름을 타신다. 날이 푹해서 그런가.

아침에 선재와 차를 타고 가다가 날씨 얘기가 나왔다. 고등학교 간다고 공부 좀 해야겠다 생각했는지 학원에 다니겠다는데 버스 시간이 안 맞아서 데려다 주는 길이었다.

"으 춥다. 어제는 봄 같았는데."

애가 삐쩍 말라서 그런지 유독 추위를 탄다.

"그래, 오늘은 춥네. 어젠 푸근하더만."

살이 많아도 춥다. 피부가 바깥에 있는 건 마찬가지니까.

"어제는 봄 냄새가 났어."

"봄이 냄새가 있어?"

"있어. 약간 비리고, 약간 끈적거리고……, 그런 거 있어."

봄이라는 게 무슨 실체가 있어서 실제로 냄새가 있는지 없는지는 모르겠지만 그냥 '봄 냄새'라는 말에 마음이 녹았다. 15년을 실컷 놀더니 그런 감각이라도 남아 있어 다행이다 싶었다. 오랜만에 서정적인 대화를 나누니 착해진 기분도 들었다. 그러나 그 기분이 오래가진 못했다.

"뉴스 보니깐 개구리도 나왔대. 엄청 빠른 애들인가 봐."

"빨라서 좋을까?"

"아빠도 나 달리기 1등했을 때 좋아했잖아."

말문을 막으려 들었지만 머뭇거리면 지는 거다.

"걔네들 봄인 줄 알고 나왔는데, 다시 추워지면 다 죽어. 빠르다고 다 좋은 게 아녀."

"사람이 태어나는 것도 2억 대 1 경쟁이라고 하던데."

학원 앞에 도착했지만 못 내리게 선재를 붙잡았다. 이대로 끝내면 안 된다 싶었다. 일장 훈계를 시작했다.

"그거 잘못 알고 있는 거야. 너 정자 숫자가 부족해서 임신이 안 된다는 얘기 들어본 적 있어?"

애 붙들고 별 얘길 다 한다 싶었지만, 지난번에 샤워할 때 보니까 여물대로 여물었고 알 건 알아야 된다 싶었다.

"너 정자가 어떻게 여자 몸속으로 들어가는 줄은 알지?"

심각하게 물었다.

"큭큭, 알아, 알아."

재밌는 얘기로 생각했나 보다.

"그러면 정자 수가 부족해도 1억 마리는 될 텐데 임신이 왜 안 될까? 한 마리만 들어가도 되는 거 아니야?"

대답은 안 하고 눈만 껌뻑거렸다. 재미없게 진행될 것을 예감한 눈치였다.

"정자가 들어가면 여자 몸에서는 이상한 놈들이 몰려온다 하고 독한 물질을 내뿜으면서 철벽 수비를 펼치거든. 그러면 앞에 가던 놈들이 몸으로 막고 부딪쳐 가며 벽을 뚫고는 장렬히 전사해. 그리고 나면 뒤에서 대기하고 있던 젤 튼튼한 놈이 다른 친구들의 호위를 받으면서 난자까지 도달하고 수정을 하게 되는 거야. 세상에서 제일 위대한 패싸움인 거지. 그래서 숫자가 부족하면 안 되

아들의 구례동중학교 졸업식 날.
학교 시청각실에서 축제 형식으로 진행했는데,
1학년 학생들이 축하 연주를 해주었다.
아이는 실컷 놀아도 잘 컸다.

는 거야."

적절한 표현이었는지 갸우뚱했지만 어쩔 수 없었다.

"그러니까 넌 경쟁에서 이겨서 태어난 게 아니라, 나머지 2억 마리의 도움으로 태어난 거란 말이야. 뭔 말인지 알겠어? 경쟁이 본능이라는 건 경쟁을 시키고 싶은 놈들 얘기라고!"

그만하면 오래 참았다고 생각했는지 "알았어, 알았어. 아빠, 나 내릴게." 하더니 얼른 내뺀다. 저놈이 알아들었을까 싶어 건물로 들어가는 모습을 바라보다가 '그러는 나는?' 하는 생각이 들었다. 나는 뭘 알고 사나? 뭘 안다고 이리 떠들고 사나…….

3년 반, 어쩌면 그 훨씬 전부터도 잘해야 한다고 생각했다. 뭘 하든, 당연히 잘해야 하고 잘할 수 있을 거라고 생각했다. 그 이전에도 잘해 왔다고 자부했으니까. 누구보다 빨리 적응하려고 노력했고, 잘하고 있다는 소리도 들었으니까. 허나 이게 모두 맞는 걸까. 뜬구름은 아닐까.

잘해 왔다는, 잘하고 있다는, 잘할 거라는 것 모두 착각일지도 모른다. '여기 사람 같다.'는 소리를 들으면 내가 잘 적응하고 있다는 칭찬으로 알았다. 타고난 외모 덕에 도시에서의 '촌스러움'이 시골에서의 '여기스러움'으로 이어진 것에 불과한데 말이다.

열심히 달려왔다. 200평 딱딱한 돌 땅을 괭이 하나로 갈아 보겠다고 덤비다가 팔꿈치에 병도 왔고, 먹자는 대로 술 받아먹다가 잘 눌러 왔던 통풍이 재발하기도 했다. 그렇게 경주마처럼 내달리다 보니 나도 스스로를 '모태 촌놈'으로 여길 정도가 됐다. 내심 뿌듯하기도 했다. 여기저기서 귀농의 어려움을 토로하거나 귀농 실패 사례를 접할 때마다 '거 봐라. 귀농 아무나 하는 게 아니다.' 속으로 빼기며 겸손을 가장한 자랑질을 서슴지 않았다.

아내가 "힘들지 않아?" 물으면 "괜찮아." 대답하며 그걸로 충분하다고 생각했다. 가족을 불안하게 하면 안 된다는 생각에 '나만 믿고 따라와.' 자세로 빠르게 적응하는 척, 잘할 수 있는 척하며 지내 왔다. 뒤도 돌아보지 않고 열심히 끌고 왔다. 믿음직한 가장이 되기 위해, 그렇게 보이기 위해 죽을힘을 다했다.

장씨 아저씨가 한번은 그러셨다.

"가장이 왜 가장인 줄 안가? 세상에서 가장 힘들어서 가장이여. 알어?"

이런 말씀까지도 그렇게 와닿을 수 없었다.

농막 청소를 하면서도 생각했다. 가족은 내 뒷모습만 봐도 잘한다고 박수 쳐줄까? 나는 힘들어도 되니 가족은 만족하라고 강요한 건 아닐까? 고단함을 핑계로 짜증도 많이 냈을 텐데. 이래서야 회식도 일이라며 "내가 누구 땜에 이렇게 힘들게 사는데!"라고 소리 지르는 드라마 단골 배역과 다를 게 없지 않은가. 가끔은 팔짱도 끼고 안아도 주면서 뒷걸음질 치는 속도로 가도 되지 않을까.

왜 잘해야 하는 거지?

아내도 선재도 힘들었을 거다. 안쓰러운 만큼 불만도 컸을 거다. 그래도 달려가려는 사람 뒷덜미 잡는 것 같아 뭐라고 말도 못 했을 거다. 힘들어하는 모습을 보는 가족도 힘들 거라는 생각은 못 했다. 아내가 그전에도 천천히 가자고 얘기를 한 적이 있지만 '배부른 소리' 로 일축해 왔다. 미안했다. 나만 잘하면, 나만 열심히 하면 다 좋아할 거라는 생각은 분명 착각이었다.

가족 때문에 일하는 거라면 가족을 먼저 봐야 한다. '때문에'를 '꿈'이 아니라 '탓'으로 만든다면 큰 잘못이다. 가족이 손길과 시선을 요청하는데 '일거리가 산더미' 라고 뿌리치는 건 앞뒤가 바뀐 일이다. 잘하지 않아도 되고 남들한테 흉을 들어도 되니, 가족한테만은 욕먹지 말자. 힘들면 힘들다고 말하고, 못하겠으면 도와달라고 애걸하면 된다. 끝까지 시야에서 가족을 놓치면 안 된다.

생각이 막바지에 이르니 청소도 막바지에 이르러 한숨도 쉬어지고 기운도 빠진다. 잠깐 앉아서 물을 끓이는데 밖에서 "행니임!" 부른다. D 동생이다. "있는지 어떻게 알고 전화도 안 하고 왔냐?" 인사 대신 물으니 "안 기시면 그냥 가면 되제." 하며 웃는다.

"뭣 허고 기셨대요?"

앉으며 묻길래 현미차를 준비하며 마주 앉았다.

"농막 청소. 나도 좀 사람답게 살아 봐야지."

쉼터이자 까페이자
집무실인 농막.
순전히 사진을 찍기 위해
한바탕 청소를 한, 보기 드물게
깨끗한 상태일 때 찍은 사진이다.
왜 그런지 보통 땐 청소를 해도
별로 티가 안 난다.

짜식이 깨끗해진 농막을 봤으면 칭찬이라도 좀 할 것이지 생각하는데 동생이 일어선다.

"행님, 제가 도와 드릴까? 청소부터 허고 쉬는 거이 좋은께."

기가 막혀서 동생을 쳐다봤더니, 얼른 일어나라고 손짓을 한다.

"야, 청소한 거야! 열나게 했구만 모르겠냐?" 했더니 기가 차다는 듯 내려다보며 "이거이 한 거라고요. 행님도 참, 헐라면 제대로 좀 해요. 물청소도 허고 걸레질도 허고. 쓰레기 비운다고 쓰레기통 아니다요? 잘 좀 허씨요, 좀!"

네놈 말이 틀린 말이 아니라 뭐라고 못했다마는 형한테 그러는 거 아니다. 니 형수도 나한테 안 그러는데 말이여. 그리고 언다 대고 잘해라 마라 하는 거야! 미안하지만 주소 잘못 짚었어. 나 이제 잘 안 하고 잘 살기로 했거든! 쉼표 한번 찍을 테니까 그런 줄 알어. 너두 그렇게 앞만 보고 가다가 다치는 수가 있어. 그러니까 잘해, 짜샤!

일흔, 꿈꾸기 좋은 나이

집채만 한 트랙터가 진흙을 하늘로 날리며 앞서간다. 어디선가 금방 논을 갈고 나왔나 보다. 나는 아직 몸이 덜 풀렸는데 겨울 땅은 벌써 깨어난 걸까. 아직은 아닐 거다. 봄맞이가 어쩌고 라디오랑 TV에서 떠들더니 며칠째 된통 무거운 바람이 겨울나무를 뒤흔든다. 의상 디자이너도 아니면서 방송들은 왜 시절을 앞서가며 호들갑인지 모르겠다. 봄을 준비하라는 입춘立春인데, 봄에 들어서는 입춘入春으로 아는가 보다. 그냥 머지않아 봄이 온다고만 해도 좋겠구만.

봄 타령에 떠밀려 나와 매실나무 가지치기를 끝내고 감나무로 자리를 옮겼다. 나무 모양을 살펴보는데 하늘로 쭉쭉 뻗은 도장지徒長枝, 웃자란 가지의 일본식 표기가 꽤 눈에 띈다. 영양 상태가 과도할 때 나타나는 모양이란다. 사실 가지치기라는 게 나무에게는 고문이나 마찬가지다. 가지를 끌어당겨 묶고 비틀어 휘고 톱으로 자르고 가위로 쳐내고 하는 것이 나무를 생각해서가 아니라 사람 먹을 열매를 쥐어짜는 것이기 때문이다. 그러니 나무도 성질이 안 나겠나. 내 눈에는 나무가 열받아하는 모습으로 보인다. '그냥 놔두면 어떻게 자랄까? 감나무 고목은 어떻게 생겼더라?' 하는데 언뜻 떠오르질 않는다.

"올해는 너무 짤르지 마."

장씨 아저씨가 어느새 다가와 나무를 쳐다보신다.

"많이 짤라 낸다고 좋은 거 아니여."

생각해 보니 그전에도 그렇게 말씀하셨는데 이제야 그 뜻을 조금 알겠다. 잘해 보겠다는 생각에 눈이 멀다 보니 귀도 안 들렸던 모양이다.

"예, 그래야 되겠어요."

대답하는데 저만치서 아주머니도 오신다.

"오랜만에 뵙네요. 들어가서 차 한잔하고 가세요." 말씀드리니 아저씨가 "맨날 나 땜시 자네가 일을 못 허네." 하신다. 그러자는 말씀이다.

수도가 얼어서 받아 놓은 물로 대강 컵을 헹구고 차를 끓여 드렸다.

"고춧대 모다 논 거 지금 태와도 된가?"

아저씨가 물으셨다. 고춧대 태우면 감시원들이 쫓아오느냐고 물으시는 거다. 작년까지 산불 감시원 활동을 했던지라 연기 나면 쫓아가서 물 뿌리는 게 일이었는데 올해는 사정이 있어서 신청을 안 했다.

"지금은 안 돼요. 1월 달에 태우셨으면 됐는데." 했더니 아주머니가 뭐라고 하신다.

"근께 내가 얼렁 태와 뿔자고 안 헙디여. 이 양반은 왜 꼭 미리미리 안 허고 미루고 미루다 고생을 헌가 몰라."

아저씨도 목소리를 높이셨다.

"허허어, 이 사람 뭘 몰라. 잘 들어 봐. 뭔 일을 해야 헌다고 쳐. 근디 하루가 급한 일은 아니라고 쳐. 그먼 좀 미룰 수도 있잖은가. 글다가 꼭 헐 일이면 허면 되고, 더 미룰 수 있으먼 미루먼 되고. 미루고 미루다가 안 해도 돼서 안 허게 되면 그거이 잘허는 것이제. 뭣 헐라고 일을 찾아댕김서 헌단가. 자네, 안 근가?"

나한테 동의를 구하시기에 냉큼 "그러게요." 했지만 끄덕이던 고개가 점점 갸웃거려졌다. 아주머니는 눈을 감고 콧잔등만 쓸어내리셨다. 아주머니만 동의하시면 될 일이다.

아는 분 칠순 잔치가 있어서 일어서신다기에 "아저씨도 쫌 있으면 칠순이시네요. 뚱따당 한번 하셔야죠." 하니 손사래를 치신다.

"난 그런 거 안 해. 생일날 미역국 한 그릇 묵으먼 되제 뭐 얼마나 살았다고 잔치단가." 하긴, 내가 생각해도 아저씨와 칠순 잔치는 잘 안 어울린다. 자전거 타실 땐 청년 같고, 농사 얘기 하실 땐 형님 같은 분이다. 용돈 보내 드린다는 사위에게 "나 그 돈 없어도 산께 나한테 보낼 여유 있으면 어려운 디 기부하게." 하셨단다. 그런 아저씨가 한복 차려입고 큰상 앞에 앉은 모습이 언뜻 떠오르지 않는다.

동네에서도 사실 칠순 잔치는 없는 거나 마찬가지다. 굳이 말하자면 칠순을 맞으신 분의 자제들이 마을 회관에서 동네 분들께 식사 대접하는 자리다. 축의금도 받지 않는다. 오히려 칠순 주인공이 연배가 더 높으신 분들께 술 따라 드리기 바쁘다. 얼마 전에도 뒷집 아버님이 칠순 자리를 마련하셨는데, 어르신들께 술 봉사를 하면서 축하와 감사 인사를 주고받느라 앉을 새도 없으셨다.

"허어, 자네가 그새 일흔인가? 금세 따라왔그마."

"그러게 말입니다. 어쩌다 본께 그렇게 됐그마요."

"그래도 아직은 이 동네서 자네만큼 일 잘허는 사람 없을 것이여. 힘으로도 그렇고."

"그거야 뭐 저도 자신허죠, 아직은."

실제로도 그렇다. 그 아버님이 송이버섯 자리를 많이 아신다기에 "한번 따라가겠습니다." 했더니 동네 형님이 한사코 말렸다.

"절대 안 돼. 절대 따라가지 말어."

장구와 꽹과리 비트만으로 어깨춤이 절로 난다.
어르신들의 생물학적 나이는 의미가 없다.
모두가 청춘이다.

의아했다. 많이 나올 땐 개도 물고 다닌다는 송이 한번 먹어 보겠다는데, 도대체 나한테 왜 그러냐고 물었다.

"딱 보면 모르겄냐. 저 아재 몸 봐라. 완전 날렵헌 청년이여. 아재 따라갔다가 산에서 길 잃어 뻘고 고생헌 사람이 부지기수여. 근께 너는 보나마나여."

이곳에서는 만 65세 국가 공인 노인이 되기 전까지 그냥 청년이다. 아마 일흔이 넘어서도 당신들 맘은 청년인 듯하다. 마음만 그런 게 아니다. 실제로 농사철에 일하는 모습을 보면 젊은이들 저리 가라다. 근력, 순발력, 지구력, 어느 하나 뒤지지 않는다. '주력酒力' 도 마찬가지다. 벌써 일어나느냐고 붙잡는 분들도 거의 70대 아버님들이다.

농업 기술을 배우는 교육장에 가보면 누가 정해 준 것도 아닌데 맨 앞줄부터 거의 나이순으로 앉는다. 젊은 것들은 맨 뒤에 앉아 적당히 농땡이를 쳐가며 듣는 걸 좋아하는 반면에, 팔순이 다 된 어르신들은 돋보기를 올렸다 내렸다 하면서 필기도 열심히 하고 강의 끝엔 폭풍 질문을 쏟아 붓는다.

예전에 미국 유학을 갔다 온 친구 얘기가 떠올랐다. 다니던 학교 학생 중에 노인이 있어 물었단다. "할아버지, 지금 공부해서 뭐에 쓰시게요?" 했더니, 노인은 "미래를 위해서."라며 씩 웃더란다. 노인이 말하는 미래, 내겐 충격이었다. 그 친구가 얘기한 노인을 눈으로 보는 것 같아 수업 중에 어르신들 모습을 훔쳐볼 때가 많았다. 안경 너머로 정기를 뿜어내는 꿈꾸는 할아버지들…….

얼마 전 서울에서 출장 온 후배가 농장에 들렀는데 백발의 노인이 동행하셨다. 후배가 아는 분이라는데 퇴직 후에 이 일 저 일 찾아보고 해봤지만 마땅치가 않으셨단다. 그러느니 귀농이나 할까 하고 와보셨단다. 말씀 중에 '그러느니'가 조금 걸렸지만 그래도 경청의 끈을 놓지 않았다. 하지만 갈수록 듣기가 어려웠다. '다 늙어서 뭘', '이제 뭐 얼마나 산다고', '그냥 소일이나 하면서', 이런 말씀이 대부분이었다. 실례를 무릅쓰고 연세를 여쭈니 "예순 둘!"이시란다. 동네 청년회에 들어오면 '넘버 쓰리'다. 본인의 '늙었다'는 생각 따라서 그렇게 늙어 버린 분 같았다. 신중히 생각하십사 부탁드렸다.

저녁에 전 이장님 댁에서 저녁 먹으러 오라고 전화를 하셨다. 귀농을 준비할 때부터도 그랬고 내려와서 지금까지 친부모님처럼 마음을 써주시는데 그 절반도 못하는 것 같아 항상 죄송하고 고마운 분들이다. 집에 있던 과일 몇 개 챙겨서 아내와 건너가니 방금 무친 나물에 부침개, 생선구이까지 상이 넘치게 반찬을 올려 주셨다.

"아버님, 오늘 무슨 날인가요? 저희는 아무것도 모르고 그냥 왔는데요."

"아니여, 우린 만날 이렇게 묵어. 묵는 상에 수저만 더 놨네. 오랜만에 왔은께 많이 드소."

깜빡 속을 만큼 듣기 편하게 말씀하셨지만 아니다. 언젠가 연락 없이 들렀을 때 두 분이 잡숫는 걸 봤는데 소박한 상이었다. 특별히 신경 써서 차려 주신 걸 다 안다. 이런 상황이라면 맛있게 많이 먹는 게 최선의 보답이다.

진짜 많이 먹었다. 상을 내놓고 나서 몰래 허리띠를 풀고 있는데 "올해 나무 좀 심어 보까 헌디 뭣이 좋으까? 혹시 생각헌 거 있는가?" 물으셨다. 그러잖아도 재작년에 심은 감나무 묘목이 뿌리가 약해서 그런가 잘 자라지 않는 것 같아 며칠 궁리를 하던 중이었다.

"손이 덜 가는 걸로 치면 호두나무가 좋다고 하던데요."

전 이장님도 비슷한 생각을 하셨나 보다.

"그래, 청솔모만 아니면 괜찮은디. 국산 호두는 잘 팔린다고도 허고."

그런데 말씀을 드리고도 조금 머뭇거렸다. 호두는 묘목을 심으면 10년, 접목을 해도 7년 정도는 돼야 수확할 수 있는데, 어르신 연세가 벌써 80에 가까우니 말이다. "아버님, 한 칠팔 년은 잡아야 된다는데요……." 하며 말끝을 흐렸다.

"당연히 그 정도 걸리제. 감나무도 삼사 년은 기다려야 된디 몇 년만 더 보태면 되겠그마. 헐 만한 것이여."

죄송스러웠다. 내가 무슨 생각을 한 것인가. 무거운 몸뚱이라 움직이진 않았지만 몸 둘 바를 몰랐다.

마침 뒷설거지를 마친 오봉댁 어머니가 과일을 내오시고 뒤따라 아내가 커피를 들고 왔다. 무슨 말이든 해보려다 아내에게 한마디 했다.

"커피가 싱거워. 물이 많았나 봐."

아내가 가재미눈으로 쳐다본다.

"시골 아저씨 다 됐어요. 커피도 찐하게 달라고 하는 걸 보니."

전후 관계를 몰라서 의아해하며 쳐다보니 한마디 더 한다.

"잘 씻지도 않구, 수염도 잘 안 깎구, 머리는 하얘지구……. 아저씨가 아니라 할아버지 같애요, 아주 그냥."

대꾸하기 뭐해서 눈짓으로 혼자 얘기했다. '그래? 잘 됐네. 내 꿈이 촌로村老인데 벌써 꿈을 이뤘네. 알아주니 고마우이. 이제 무슨 꿈을 다시 꿔볼까나. 다시 시작하는 의미로 봄맞이 늦둥이나 한 번?' 눈을 찡끗거리는데 얼굴을 돌려 버린다. 씨알도 안 먹힐 일이다.

설 지나면 봄

길가에 차들이 난리 북새통이다. 정승집 자제라도 돌아가셨는지 장례식장 주차장이 모자라 갓길도 없는 길가에 차가 늘어섰다. 좁은 길을 왕복하는 차들과 오가는 사람들 탓에 아찔한 일이 자주 일어나는 곳이다.

그날은 내가 아찔했다. 운전석 문을 열면서 불쑥 나오는 문상객 때문에 급정거를 하며 겨우 사고를 면했다. 그나마 속도를 미리 줄이느라 브레이크에 발을 대고 있었기에 망정이지. 나도 놀랐지만 지도 적잖이 놀랐나 보다. 흰자위가 다 나오도록 동그래졌던 눈이 작아지면서 입으로 뭐라고 뭐라고 하면서 지나가는데, 그 입 모양만 봐도 무슨 숫자를 씨부렁거리는지 알 만했다. 창문 열고 한마디 해줄까 하다가 참았다. 인상 더럽기가 나 못지않은 걸 보니 살면서 어려움이 많았으리란 생각이 들었다. 얼마 전에 들은 교육에서 강사가 뭔 법칙이라며 말하기를 첫인상에서 시각적 요소가 차지하는 게 절반 이상이란다. 그 인간도 나처럼 외모 안 따지는 일을 해야 먹고 살겠다 싶어 봐준 거다.

차 번호판을 보니 이 지역 차는 아닌 것 같았다. 요새는 지역 표기도 없는데 어찌 알까 싶겠지만, 구례 바닥이 원체 좁아서 조금 돌아다니다 보면 번호판과 차종이 절로 눈에 익는다. 번호판이 이름표인 셈이다. 마주 오는 차 안에 탄 사람은 안 보여도 번호판을 알아보고는 서로 인사한다. 심지어는 사람 이름 대신 차량 번호로 부르기도 한다. 예를 들어 "일삼공구랑 사칠이팔이랑 점심에 수제비집으로 들어가대." 하는 식이다. 서너 명 앞에 두고 "거무쏘 삼팔삼칠 어떤 놈인지 아는 사람 있나?" 하면 거의 그 자리에서 신상이 털리기도 한다. 짙게 썬팅한 차 안에서도 경거망동하면 안 되는 이유다.

어쨌든 설 명절을 앞두기도 했고 좋은 게 좋은 거다 싶어 맘 추스르고 농장으로 향했다.

요 며칠 새 마늘이랑 양파가 부쩍 자랐다. 왕겨 훈탄도 만들어 넣고 이것저것 유기물도 많이 얹어 줬더니 효과가 있는 것 같아 뿌듯했다. 비닐 안 덮어도 잘 자라 주는 게 고마워 누가 좀 봐줬으면 싶은 마음도 들었다. 노란 볏짚과 왕겨에 진한 초록이 대비되니 그렇게 예쁠 수가 없다.

마음이 통한 것일까. 때마침 오봉댁 어머니가 농장에 들르셨다.

"어머니, 웬일이세요. 어떻게 오셨어요."

인사드리면서도 시선을 마늘밭 쪽으로 유도했다. 환하게 웃으며 인사하시던 오봉댁 어머니가 드디어 마늘밭을 보고 말씀하셨다.

"어쩌까. 얼렁 풀을 뽑아야 겄는디. 저것들이 금세 방석 겉이 들어앉는단 말이요."

그러고 보니 살짝살짝 보이던 풀들이 군데군데 자그마한 섬들을 이루었다. 내 눈엔 마늘만 보였고, 어머니 눈엔 풀이 먼저 보였던 거다. 나도 바로 표정 가다듬고 대답했다.

"뽑아야죠 뭐."

4년간 어르신들과 밭에서 나누는 대화 중에 가장 많이 한 말일 거다.

"원샌 애쓴 거 다 안께 이거 꿔 잡숨서 시나브로 허시오."

설 대목장 봐서 들어가시는 길에 삼겹살을 사셨단다. 고기라면 그냥 엎어지는 걸 알고 일부러 사오신 거다. 나 위해서 짓는 농사, 변변히 갖다 드린 것도 없는데 늘 애쓴다며 자식처럼 생각해 주신다. 설 쇠러 서울 가기 전에 인사드리려고 술 걸러 병에 담던 참인데 한발 늦었다.

"내일 서울 가요? 선재랑 즈그 어매랑 이따 와서 저녁 묵고 가요이.”

풀 때문에 창피하고 고기 때문에 감사한데, 서울 간다고 챙겨 주시니 멍하고 서서 아무 말씀도 못 드렸다.

사실 이곳에 내려와서 부모님이 많이 생겼다. 형님이라고 부를 사람보다 아버님, 어머님이라고 해야 할 분들이 더 많다. 꼭 연세 때문에 그런 것만은 아니다. 가끔 마을 회관을 지나치다가 어머니들과 눈이 마주치면 강렬한 손짓을 보내신다. 들어가 보면 “점심 안 잡솼지요? 여그서 잡숫고 가요. 동태 지져 놨은께 얼렁 한 그릇 잡솨.” 하신다. 점심을 먹었건 안 먹었건 고맙게 한 그릇 먹고 나면 “고맙소, 원샌” 하신다. 엥? 처음엔 이해가 안 됐다. 아니, 빈 손으로 지나가던 놈 애써 불러들여 따순 밥 먹여 주시고는 먹은 놈한테 고맙다니 이런 경우가 다 있나. 어머니들은 의아해하는 나에게 “반찬도 없는디 이렇게 들어와서 잘 잡순께 얼마나 고맙소.” 하신다. 당신들보다 한참 어린놈에게 여전히 존대를 하시지만 알맹이는 영락없이 자식 대하는 마음이다. 듣는 나도 엄마 말씀이려니 여긴다. 뭐라고 답하기가 어려워 “차려 주시는 밥 먹고 고맙다는 말씀 듣는 데는 여기밖에 없을 거예요.” 하면 또 고맙다고 하신다.

설 연휴가 시작되는 날, 아침 일찍 서둘러 서울로 출발했다. 공주쯤 가다 보니 하행선은 벌써 만차 상태다. 아내에게 “아이구, 저

거 밀리는 것 좀 봐. 서울부터 밀렸을 텐데 어쩌냐." 하니 아내가 "그래서, 좋지?" 묻는다.

"좋기는 뭐가 좋아! 막히니까 안타깝다는 거지."

"저쪽은 막히는데 이쪽은 뻥 뚫리니까 좋지 않냐구. 아니야?"

"에이, 사람이 그러면 안 되지. 어떻게 남의 불행이 내 행복인가. 그럼 못써."

"예전에두 반대편 막히면 은근히 좋다구 했으면서 뭘!"

사실 조금 흐뭇하긴 했다. 반대편이 막혀서 좋다는 게 아니다. 상대적으로 수월하게 귀성하는 걸 눈으로 확인할 수 있는데 꼭 기분이 나빠야 하는 건 아니지 않은가. 아닌가?

오랜만에 뵙는 부모님은 예전 같지 않으셨다. 편찮으신 곳은 늘고 기력은 확연히 줄었다. 4년 전 귀농하겠노라 말씀드렸을 때, 걱정은 내색 않고 격려에 무게를 두셨던 아버지는 암 수술 뒤끝이 길게 이어져 힘들어하셨다. 아들 식구 사는 집을 직접 보고서야 "쓰러져 가는 집에 살까 봐 걱정했다."고 한숨 내쉬던 어머니는 허리와 다리 통증이 한꺼번에 몰려왔다. 아직도 '엄마'라고 부르지만 내년이면 팔순이다.

설날 아침, 세배드리는 마음이 좀 묘했다. 뭐라고 설명하긴 힘들다. 예전엔 겉으로나 속으로나 '건강하세요.' 하는 게 다였지만 이번엔 달랐다. 머리를 마루에 대며 나도 모르게 읊조렸다. '계셔

아버지 어머니가 모처럼 모인 손주들과 이야기를 나누신다.
가끔 찾아뵈니 더 빨리 늙으시는 것 같다.

주셔서 고맙습니다. 그것만으로도 감사합니다.'

농사짓는 자식 덕도 별로 못 보시면서, 내려가는 차편에 아이스박스가 터지도록 음식을 담아 주셨다. 자식들 앞에서는 끙 소리도 안 내지만 걸음걸이도 힘드신 분이 어떻게 장만했을지 불을 보듯 뻔한데 넙죽 받아드는 꼴이라니. 어느새 이마도 넓어지고 흰머리도 늘어가는 중년에 접어들었건만, 부모님 맘에 한번 막내는 영원한 막내인가 보다. 아버지는 차 뒤꽁무니가 사라질 때까지 길가에 서 계셨다. 그러고도 조금 더 계셨을 게 분명하다.

내려와서 아내와 함께 간전댁 할머니를 찾아뵀다. 곶감과 어머니가 마련해 준 양말 꾸러미를 챙겨 들어서니 마당 한 켠에서 또 뭔가를 하고 계셨다. 세배드리겠다고 하니 손사래를 치며 도망가셨다. 안 되겠다 싶어 우리가 먼저 방에 들어가자, 할머니는 마지못해 따라 들어오셨다. 그러고는 꼭 안아 주며 "절은 됐어요. 선재네한테 내가 많이 고마워요." 하신다. 나보다 체구도 작은 노인이 어떻게 그렇게 폭 안아 주실 수 있을까. 푸근한 큰엄마다.

전 이장님 댁도 찾아뵙고 세배를 드렸다. 내외분은 서른 살 아래인 우리 부부에게 맞절을 하셨다. 오봉댁 어머니는 나에게, 전 이장님은 아내에게 아직도 말씀을 놓지 않으신다. 그러면서 작년보다 100퍼센트 인상된 세뱃돈을 주셨다. "아버님 이건 아닌 것 같은데요." 했지만 자주 뵐 수 없는 환한 표정으로 "자식들한테는

다 줬어." 하시는데 거절할 수가 없었다.

농사꾼과 상관없는 연휴도 지나고 날씨도 푹해지니 이제 겨울 휴가도 끝인가 보다. 아쉽다. 내내 기다렸던 겨울이 이렇게 지나가나 싶어 허망하다. 겨울만 되면 기가 막힌 기획도 한번 해보고, 책도 한 30권 읽고, 작물에 뿌릴 약도 좀 많이 끓여 놓고 하려던 계획은 또 계획으로 끝나나 보다. 강원도 산골은 겨울이 6개월이라는데 그쪽으로 갔으면 1년의 절반은 쉴 수 있는 걸 잘못한 걸까. "여기도 이렇게 추운데 강원도 갔으면 어쩔 뻔했어." 하고 아내와 얘기한 지 얼마나 됐다고 이런 생각을 하는지 한심하다.

"씨감자 받았는가."

장씨 아저씨가 농장으로 들어오셨다. 작은아버지 같은 분이다. 아주머니도 따라오셨다.

"예, 한 박스 신청해서 설 전에 받았어요."

뽑던 풀 던져 버리고 마늘밭에서 나오니 아저씨가 말씀하신다.

"허던 일 해! 난중에 나 땜시 일 못했다 소리 허지 말고."

시선은 반대편을 향한 채로 두 분이 농막 쪽으로 걸어가셨다. 어쩌라는 건지.

차를 내드렸더니 한 모금 들이켰다 뜨겁다고 뱉으신다. 내가 부러워하는 아저씨의 두꺼운 아랫입술은 그런 과정의 반복으로 만들어진 것 같다.

“우리 감자는 누가 돌라묵었는가 왜 아직도 안 왔으까요.”

아주머니가 걱정하시기에 “아직 2월인데요 뭐.” 답했다. 아저씨는 정색을 하며 “요 아래 조씨는 감자밭 다 갈아 놨드마. 한가헌 소리 하고 있네.” 하며 퉁바리를 주셨다. 나도 이제 좀 안답시고 말대답을 했다.

“거긴 비닐 씌우니까 서리 와도 괜찮지만 저희는 조금 늦게 심어야 돼요. 서리에 감자 싹 꼬실라지면 어떡해요.”

아저씨가 웃으신다.

“아쭈, 웃기고 있네. 지금부터 땅 갈아서 3월에 심으면 싹 날 때쯤 해서 서리 끝나. 상추도 늦었어. 토란 생강까지 할라면 미리 준비해 둬. 부모만 안 기다리는 줄 안가. 땅도 안 기달래 줘.”

화제를 바꿨다. “아저씨 세배드려야 되는데…….” 했더니 “설이 언젠디 인자사 세배여. 좋아. 남원에 맛있는 집 알아 놨은께 거그 가서 하세.” 하며 일어나셨다.

농막을 나서던 아저씨가 물으셨다.

“육공팔이는 어쩌고 아직 추운디 싸이카 타고 다닌가.”

육공팔이는 우리 차 번호고 싸이카는 오토바이를 말한다. “제가 육공팔이 타고 애 엄마 싸이카 타게 할 수는 없잖아요.” 답하니, “그건 그러네. 아주머니한테 잘 허소. 늘그막에 도망 안 가게.”

하신다. 그래서인가. 아저씨는 아주머니를 승용차건 경운기건 뒷자리에 태우고 다니신다.

아저씨 배웅 겸 걸어 나가다가 마늘밭을 지나면서 잡초가 보기 싫어 구시렁댔다.

"강원도는 4월까지 얼음이 있다는데. 거기 사람들은 5월부터 농사 시작한대요."

아저씨가 묘한 표정으로 쳐다보더니 일갈하셨다.

"그냥 일허기 싫으면 싫다고 해. 에스키모는 365일 놀고 묵는다냐!"

오늘따라 말씀마다 옳으신 말씀이다. "네." 하고 말았다.

봄기운을 살짝 담은 흙냄새가 묻어나기 시작하면
마을에는 생동감이 넘친다.
지리산 노고단에는 여전히 눈이 쌓여 있지만
시나브로 초록을 준비할 때가 된 것이다.
자연의 변화는 불현듯 다가온다.

새끼들 살펴 주라고 빌었제

"오늘은 양력 3월5일 음력으로는 정월 보름입니다."

이웃 마을 회관에서 하는 방송이 잠결에 들렸다. 잠 깨긴 억울하지만 힘들여 한쪽 눈을 떠보니 역시나 방 안은 아직 컴컴했다. 대보름인 건 알겠는데 꼭두새벽부터 방송을 해야 하나. 난 죽었다 깨도 이장은 못하겠다. 시켜 주는 사람 없으니 천만 다행이지. 달콤한 막잠을 이어 가려고 아내한테 뺏긴 이불 끝자락을 끌어당기는데 휴대 전화 벨이 울렸다. 동갑내기 이장이다.

"왜에에?"

늘어지고 불만 가득한 대답을 했더니 쉿소리가 들린다.

"야 빨리 안 나오고 뭐 해. 오늘 달집 부역한다고 했잖어!"

대보름 행사에 쓸 달집을 만들기 위해 모이기로 했던 건 알고 있었다. 귀에서 떼어 낸 전화기를 보니 7시 반이었다.

"엥? 시간이 이렇게 됐어?"

창문을 다시 보니 가장자리가 훤했다. 꽉 내려 닫은 블라인드한테 속았다. 선재가 고등학교 입학하면서 기숙사로 분가한 탓에 긴장은 시집보내 버리고 알람도 끈 채 내쳐 자고 만 것이다.

겨울철 피부 관리를 위해 세수를 생략하고 서둘러 옷을 챙겨 입다가 생각하니, 전날 이장이 분명히 8시부터라고 했고 아직 늦은 것도 아닌데 왜 이 난리를 부리나 싶었다. 그리고 '공동 작업'이나 '울력' 같은 말 놔두고 왜 어감도 안 좋게 '부역'이라고 하나 의아했다. 마을 일이니 기꺼이 좋은 마음으로 나가건만 '부역자'라고 하면 괜히 끌려 나가는 듯한 느낌도 들고, 왠지 색출 대상이 된 듯한 기분도 드는데 말이다.

회관 앞에 도착하니 벌써 나온 형님들이 여남은 명 되고, 일흔을 넘긴 아버님들도 두어 분 계셨다. 날이 흐려서 그런가, 엄숙하기도 하고 진중하기도 한 기운이 돌았다. 투박하고 묵직한 조선낫 한 자루씩 옆에 차고 당산나무 아래 삼삼오오 모여 있는 모습이, 탐관오리 하나 작살내러 가려고 집결한 동학군 느낌도 들었다. 나도 역사 속으로 들어가는 기분으로 천천히 걸어가며 무거운 표정으로 목례를 했다. 하지만 머릿속 대하드라마는 오래 가지 않았다.

"아야, 넌 막내가 형님들 다 기다린디 맨 꼬래비로 나오면 되겄냐."

바로 위 연배인 J 형님이 퉁바리 주듯 말하던 끝에 씩 웃는다. 이 형님은 반갑다는 인사를 이런 식으로 한다. 가끔 전화해서는 "아야, 넌 내가 전화 안 허면 왜 통 전화를 안 허냐. 내가 싫냐?" 하면 술 먹자는 얘기다. 어쨌든 제일 늦었으니 "죄송합니다." 하면 될 것을 이제 마을에서 '짬밥' 좀 먹었답시고 "뭐, 8시두 안 됐구만." 하면서 살짝 개겼다. 형님이 낫 든 손을 움찔하며 "아야, 여그 형님들 시계는 30분씩 빨리 간다냐? 부역 하루 이틀이여? 뻘소리하고 있어이 확!" 한다.

하긴 가끔이나마 전화로 확인해 주는 것만도 감지덕지다. 내려와서 느낀 농촌의 움직임은 '만사방통'이다. 모든 일은 방송을 통해서 이루어진다 이 말이다. 일단 마을 스피커에서 뭔 소리만 나면 몸이 얼었다. "아, 아, 회관입니다." 하는 말이 들리면 화장실에서 물 내리려다가도 멈춰야 한다. 겨울 눈보라에도 맨발로 툇마루에 나가 기어코 듣고 말아야 한다. 마을 회관 방송은 농촌 행정의 마지막 완성 단계이자, 농사 정보의 중요한 창구요, 만사를 결정하는 선언이기 때문이다. 농사 관련 모든 업무의 신청-접수-수령을 집행하고, 마을의 경조사와 행사 정보를 알 수 있는 유일한 통로이다. "~해주시면 감사하겠습니다."로 끝나는 방송은 사실 부탁이나 청유가 아니라 명령에 가깝다. "방송 못 들었대?" 이 말은 "이 마을 사람 맞어?" 혹은 "정신이 있는 거여?"와 같은 뜻이다.

어쨌든, 전 이장님이 이장님일 때 "내일 마을 청소 부역이 있으니 조반들 드시고 회관으로 모여 주시면 감사하겠습니다." 하고 표준말 가깝게 방송하시면 한참 헷갈렸다. 아침 먹는 시간이 정해져 있는 것도 아니고, 간혹 아침 안 먹는 사람도 있을 텐데 도대체 언제까지 나오라는 건지 알 수가 없었다. 방송 끝나자마자 쪼르르 회관으로 달려가서 군기 바짝 든 모습으로 "몇 시에 나오면 될까요?" 이장님께 여쭤보면 "그냥 아침 천천히 묵고 나오먼 돼." 하셨다. "그래도 몇 시쯤……." 하면 "대강 뭐 한 7시나 나오먼 안 되까 싶네만." 하셨다. '대강', '한', '쯤', '되지 않을까.' 이런 단어로 위장한 '7시'는 절대로 정확한 시각이 아니었다. 여쭤본 대로 나가 보면 항상 작업은 절반 이상 진행된 상태였고, 항상 죄송하다며 머리 조아리기 바빴다. 짧은 경험을 종합해 보니 '천천히 아침 먹고'는 사실 '날 밝는 대로'라고 생각하는 게 맞는 것 같다.

8시 조금 지나자 나온 사람들만이라도 출발하자는 중론에 따라 트럭 서너 대에 나눠 타고 산으로 향했다. 산 주인의 허락 하에 가지가 많고 굵기가 적당한 소나무를 골라 엔진 톱을 갖다 댔다. 날은 아직 쌀쌀했지만 나무를 쓰러뜨리고 가지를 끌어 내리고 하다 보니 금세 이마가 젖기 시작했다. 한두 시간을 가지에 긁히고 가시에 찔리면서 작업을 하다 보니 "샛거리 묵고 합시다!" 고함이 나왔다. 잠시 쉬었다가 하기로 하고 모여 앉았다.

알코올성 음료수와 안주 같은 간식거리로 허기를 채웠다.

"맨날 나오는 사람들만 나오고, 안 나오는 놈들은 코빼기도 안 뵈어. 너무허는 거 아니여!"

누군가 볼멘소리를 했다.

"새로 이사 온 그 양반은 첫날 인사허고는 한 번도 못 보겄네."

또 누군가 맞장구를 쳤다. 설, 추석, 연말에 마을 대청소가 있고, 대보름이나 마을 공동 제사 등 행사가 있어 1년이면 대여섯 번은 부역을 하게 된다. 가끔 빠지는 사람은 이유라도 확실하게 알려 주건만, 거의 안 나오는 사람들은 이유도 알려 주지 않는다. 딱히 이유가 없어서일지도 모르겠다. 마을에 회칙이 있는 것도 아니고 회칙이 있다고 반드시 따라야 하는 것도 아니다. 그 사람들은 "가만히 있는 게 무슨 죄냐?"고 따져 묻기도 한다. 허나 농촌에선 가만히 있는 게 죄는 아니지만 경우에 어긋난다는 걸 모르고 하는 소리다.

"내년부터 면 단위로 대보름 행사 한다는 말도 있은께, 그먼 우리 마을도 대표만 내보내 뿔자고이. 뭣 땀세 우리만 요러케 나와서 쌩고생이단가."

젊은이였던 사람들은 점차 노인으로 자리를 옮기고, 새로 들어온 외지인들은 행사 참여율이 저조하다 보니 그런 얘기가 나오나

보다.

"마을 들어올 때만 발그레헌 얼굴로 인사허면 뭣 헐 것이여. 그걸로 끝인디. 말도 안 되는 값에 집 사고 땅 사고 들어와 땅값만 올려놓고, 그 덕에 살던 사람들은 논 한마지기 사기도 힘들어졌그마. 그 사람들 내려와서 도움되는 것이 뭐여. 안 근가?"

목청을 높이던 J 형님의 눈이 나와 딱 마주쳤다. 움찔하더니 씨익 웃는다.

"자네 빼고."

소나무 몇 그루로 1톤 트럭 넉 대를 채우고는 달집을 세울 공터로 내려왔다. 어르신 몇 분이 일찌감치 공터에 나와서 기다리고 계셨다. 작년까지만 해도 같이 나무를 하시던 분들이지만 다리 수술, 디스크 치료 등으로 더 이상 힘든 일은 어려운 상태라 훈수로라도 거들 셈으로 나오신 모양이다.

"밑동에 볏단이랑 솔깽이를 더 채워야 헌디. 아직 경험들이 없은께 잘 모르그마."

맘에 안 드시나 보다. '경험이 없다'고 퉁바리를 맞는 작업반장도 올해 일흔 셋이시니, 이런 행사를 이끌기 위해서는 건장한 80대 초반의 장정들이 필요한가 보다. 현실성 있는 훈수는 아니다.

달집을 세운 뒤 달이 뜰 때까지 비는 시간은 대개 술로 채운다. 쌀쌀한 날씨에 야전에서 먹는 돼지 김치찌개와 소주, 막걸리는 목

정월 대보름날 아침,
마을 남자들이 모여
소나무 가지와 대나무를 엮어
달집을 만든다.

으로 넘어가면서 보약이 되는 느낌이다. 오전부터 비틀거리는 형님도 있고, 아직 붉게 타는 태양 아래 묘지에 누워 주무시는 형님도 있다. 희한하다. 도시에서 가끔 보는 불편한 모습이 촌에서는 편안하게만 보이니 말이다.

멀리 구름 위로 달이 솟고 드디어 달집이 타오른다. 나라에서 허락한 기가 막힌 불놀이다. 돈만 주면 하늘에 네온사인처럼 그려 주는 강 건너 불꽃놀이가 아니다. 덩어리진 불이 저 혼자 출렁거리고 몸뚱아리까지 후끈거리게 하는, 손수 마련한 진짜 불꽃놀이다. 동시에 구례 들판 여기저기서 연기가 솟는다. 꽹과리와 징이 불길을 살리고 장구와 북 장단이 사람 맘을 흔든다. 이장은 돼지머리 구멍마다 가득한 봉투를 정리하기 바쁘고, 어머니들은 붉게 타오르는 달집을 향해 연신 손바닥을 비빈다. 묘하게 흥분됐다. 소설 《토지》의 중간쯤에 나오는 장면을 눈으로 직접 보는 기분이다. 한 켠으론 불안했다. 언제까지 이런 장관을 눈으로 볼 수 있을까? 곧 남들이 마련한 잔치에서 구경만 하게 되는 건 아닐까?

오봉댁 어머니께 여쭤봤다.

"어머니, 아까 달집에 대고 뭐 비셨어요?"

당연하다는 듯 말씀하셨다.

"새끼들 살펴 주라고 빌었제 뭐 딴 거이 있단가요. 그저 몸 아

정월 대보름날 밤,
온 마을 사람들이 한데 어울려
달집을 태우고 소원을 빈다

달집이 불에 타오르자 일천댁 어머니가 소원을 빌며
절한 뒤 기분 좋은 표정으로 돌아선다.
여쭤보나 마나 가족의 안녕을 비셨을 게다.

프지 말고, 다치지 말고…….”

다른 분들도 마찬가지였을 게다. 어머니가 한 말씀 덧붙이셨다.

“내 몸땡이 잘 봐주라고 빈 적은 없은께요.”

이상했다. 소원 목록에 하나만 추가하면 되는데 왜 빌지 않으셨을까. 여쭤보려다 말았다. 아마도 그랬을 거다. 신령님이 소원을 들어줄 때 당신이 자식 몫을 뺏을까 봐 거의 날마다 병원 가서 물리치료 받는 분이 자식들만 건강하면 좋겠다고 빌었을 거다.

대보름날 거하게 시작한 술자리가 저녁마다 며칠째 이어졌다. 마음은 몰라도 몸은 지쳐 갔다. 그제는 땔감을 옮겨 주느라 고생한 D 동생이랑 묵은 양주까지 꺼내 먹었다. 어제는 정말 쉬고 싶었는데, 한 동생이 저녁을 먹자고 연락해 왔다. 속상한 사연을 들어 줘야 하는 자리라 김치찌개에 또 반주 몇 잔 했다. 거의 자리를 파하려는데 아버지가 전화하셨다.

“별일 없냐? 아픈 데는 없고? 술 조심하고.”

내가 전화드려서 먼저 여쭤야 할 내용인데 늘 이런 식이다. 나는 소용 있는 자식인 걸까. 자신이 없다.

아버지 걱정대로 몸에 무리가 왔다. 3년 전에 왔던 통풍이 도졌다. 큰일이다. 이제 곧 봄이고 할 일이 태산인데. 아내는 입김 불어넣은 고무장갑처럼 퉁퉁 부은 발에다 뜸을 떠주고 연신 차를 끓여 내왔다. 덕분인지 일주일은 갈 것 같던 통증이 하루 만에 고개를 넘었다. 어떻게 알았는지 읍내에서 식당 하는 동생이 전화를 했다.

"형님, 그거 많이 아프다면서요."

"안 아파 본 사람은 몰라. 정말 입김만 불어두 아파. 그나저나 얼른 나아야 한잔할 텐데."

동생이 웃더니 한마디했다.

"형님, 아직 덜 아프셨그만요."

그러게 말이다. 솔직히 말하자면 덜 아픈 게 아니라 철이 덜 든 것 같기도 하다. 이러고도 내년에 하늘의 명을 알아들을 수 있을까. 나이를 어디루 처먹은 건지…….

4부

봄, 덕분에 살지요

“

감나무 고랑에 미나리가 확 번지고

저짝에 쑥부쟁이가 퍼졌는디……

”

덕분에 살지요

봄꽃이 만발했다. 작년에 미친 듯이 한꺼번에 터지던 꽃들이 올해는 정신 차렸나 보다. 매화가 흐드러지더니 산수유가 슬그머니 뒤따른다. 며칠 전, 아내와 훔쳐보듯 돌아본 남쪽 들녘은 봄비에 젖어서 채도를 한껏 높여 가며 진한 봄 색을 뿜어내고 있었다. 10여 년 전, 이맘때만 되면 홀린 듯 새벽길을 달려와 이 골짜기 저 골짜기 색과 향에 취해 들쑤시고 다니던 곳이다. 하지만 이제 예전 같지 않다.

축제라는 이름으로 꽃보다 화려하게 나부끼는 플래카드와 고기 굽는 냄새가 심히 거슬렸다. 좀 조용히 걷고 싶어도 크게 울리는 뽕짝 가락이 '내 나이가 어떠냐?' 고 따지며 내내 따라다녔고, 호객하는 손길은 말미잘 촉수처럼 눈을 어지럽혔다. 도로가 막히는 건 기본이다.

아들놈이 엊그제 축제 개막 행사에 아이돌 그룹이 온다며 친구들이랑 좀 태워다 달라고 부탁했다. 길이 막힐 텐데 꼭 가봐야겠냐고 했더니 꼭 봐야겠단다. "위, 아래!"를 외쳐 대는 소화제 비슷한 이름의 애덜도 오는데 요즘 가장 '핫'한 걸 그룹이란다. 역시나 길은 주차장이었고 샛길로 간답시고 갔지만 행사장을 4킬로미터나 앞두고 내려 줘야 했다. 듣자 하니 주변 시 군에서 애어른 할 것 없이 걔네 본다고 꽤 몰려왔다는 후문이다. 조금 있으면 벚꽃 축제도 마련할 거라니, 군 전체가 꽃 몸살을 앓는 중이다.

어쨌든 꽃은 꽃이고 농사는 농사다. 당장 감자를 심어야 하는데 작년보다 늦어졌다. 늘어진 몸에 경고장처럼 날아든 통풍으로 시뻘겋게 부은 발이 사람을 앉은뱅이로 만들었다. 발도 못 딛는 통증도 괴롭지만 고기와 술을 끊었더니 먹어도 먹어도 허기가 지는 금단 현상까지 나타났다. 일주일 정도 누워 있는 사이 밀린 일이 한두 가지가 아니다. 더 늦어지면 감자 수확하고 바로 심어야 할 메주콩까지 놓치게 된다. 밭을 갈기 전에 왕겨 훈탄도 좀 더 만들어 뿌리고, 거름도 몇 포대는 넣어야 했다.

밭에서 이것저것 정리하고 있자니 땀이 나기 시작한다. 아침에 분명히 오토바이 안장에 내려앉은 서리를 닦아 내고 나왔는데 몸이 벌써 후끈하다. 봄가을은 눈에만 있고 내 몸엔 겨울하고 여름

샛노란 산수유꽃이 한창이다.
매화 다음 산수유꽃, 벚꽃, 철쭉…….
봄만 되면 구례군 전체가 꽃 몸살이다.

밖에 없나 보다. 수건이 없어 옷소매로 땀을 닦아 내다 보니 이미 다 젖어 있다. 이럴 땐 팔뚝이 짤막한 것도 억울하다. 주저앉은 채로 한숨 돌리는데 D 동생에게서 전화가 왔다.

"행님, 아픈 건 좀 괜찮으신가요? 통풍은 막걸리도 안 되지요이? 땀 좀 날 것인디 짠허네요. 하드라도 한 꼬챙이 사갈까요?"

동생이 잠시 후 아이스크림이랑 음료수를 사 들고 농장으로 왔다. 감 농사 준비하느라고 제 일도 바쁠 텐데 오자마자 장갑 꺼내 끼더니 퇴비 뿌리는 일을 도왔다.

"옷에 얼룩 묻어. 놔둬. 이 정도는 내가 슬슬 해도 된단 말이다."

하지만 동생은 대답도 안 하고 삽질을 했다. '내가 누구한테 저런 사람이 된 적이 있을까?' 생각하다가 '이놈이 혹시 전생에 내 피붙이였을까?' 싶은 마음도 들었다.

일 마치고 농막에 자리 잡고 앉아 하드 한 입 빨고 있는데 장씨 아저씨가 오셨다.

"다리 아프담서."

문을 열던 아저씨 시선이 내 입에 꽂혔다. 입에서 바로 하드를 빼서 아저씨께 내밀었다.

"아저씨 이거 딱 한 입 빨았는데……."

"얼렁 묵어!"

화나신 것처럼 사양하시니 더 미안했다.

"조금 절룩거리면서 그냥 움직이고 있어요."

커피는 잡쉈다고 해서 현미차를 드렸다. 아저씨와 동생은 통풍에 좋은 나물 몇 가지를 얘기하고 주변에 수술까지 한 사람도 언급하며 걱정했다.

원샷한 찻잔을 내려놓던 아저씨가 동생에게 물었다.

"자네는 장가 안 간가?"

동생이 겸연쩍게 웃었다.

"가고 싶다고 간단가요. 인연이 생겨야죠."

아저씨 생각은 달랐다.

"이년인지 저년인지 나서서 맹글어야제 기다린다고 생긴단가. 선 자리는 안 들어와?"

동생은 고개를 저었다.

"뭐라도 있어야지요. 달랑 두 쪽밖에 없는 놈한테 뭔 선이 들어온대요."

"자네는 그래도 나은 거여. 나 아는 사람은 그나마도 한 짝밖에 없어. 근디도 여그 저그 색시 내놓으라고 찌르고 다닌다드마. 그렇게 애를 써야 뭣이 되는 거여. 그래야 도와줄 마음도 생기고."

아저씨는 아는 색시라도 검색하시는 양 한참 찡그리다가 벌떡 일어섰다. "벌써 가시게요?" 인사치레로 말씀드렸더니 "나도 바쁜 몸이여." 하며 나가신다. 그러더니 작은 소리로 "아프다 그래서 경운기로 거름이라도 올려 줄까 싶어서 왔그마." 하셨다.

시골로 내려오기 전에는 '귀농하면 한적한 곳에서 조용히 살아야지.' 생각했다. 먼저 내려간 사람들 얘기도 그랬다. 동네에 살게 되면 어르신들 간섭도 심하고, 심지어는 새벽에 불쑥 방문 열고 들어와 아직도 누워 있느냐고 호통을 치는 일도 있다고 했다. 낫 한 자루, 수저 한 벌까지 다 참견하고, 그러다가 어르신들 맘에 안 들면 험담을 하고 텃세를 부린다고 했다. '마을에서 한 이삼백 미터 떨어지고, 마을 방송 겨우 들리는 정도가 최고'라는 게 중론이었다. 불가근불가원不可近不可遠 하라는 소리다.

정착할 곳을 구례로 정한 다음에도 비슷한 생각이었다. 좌청룡左靑龍, 우백호右白虎에 배산임수背山臨水를 바랐던 것은 아니지만, 그래도 남향에 가깝고 해 잘 드는 곳이면 좋겠다 싶었다. 물론 집 안에서 바라다보는 경치까지 좋으면 더할 나위 없겠지만 말이다. 짧지 않은 기간 동안 열심히 찾았고, 끝내 그런 곳은 없다는 걸 알았다. 남향의 양지바른 터는 이미 마을이 들어서 있거나 임자가 있었고, 경치가 좋은 곳은 험하거나 펜션이 들어 앉아 있었다. 이것저것 다 좋아 보이는데 임자가 없거나 땅값이 싼 곳은 물이 솟는다거나 지반이 약하다거나 하는 이유가 있었다.

우리가 자리를 잡은 곳은 동향이라 노고단 쪽 전망은 좋지만 겨울이면 3시쯤 해가 떨어지는 마을이었다. 북사면이 아닌 게 다행이라고 여기면서도 채워지지 않은 욕심은 한 구석에 그대로 남아 있었다. 주민들과 어울리는 것도 걱정이었다. 촘촘히 붙은 마을 한가운데 들어앉은 꼴이라 일거수일투족一擧手一投足이 어르신들 시야에 들어갈 텐데, 외모와 다르게 뼛속까지 도시 놈인 우리를 어떻게 봐줄지 알 수 없었다. 대문을 잠그는 집이 없으니 우리만 꼭 닫고 살 수도 없고 마루문도 추울 때 아니면 닫아걸지 않았다. 사생활을 보장받을 수 있는 환경이 아니었다.

걱정은 기우였다. 어르신들은 지나가다 우리가 보이면 골목에 서신 채로 "정리 다 했소? 천천히 시나브로 해요. 서두른다고 되는 일 아닌께." 하시는 경우가 많았다. 마당에 들어오신다 해도 "이 집이 부자가 살던 집이여. 잘 들어오셌어." 혹은 "젊은 사람들이 와줘서 고마워요."라는 말씀이 대부분이었다. 간전댁 할머니만 거의 말씀도 없고 눈도 안 마주치면서 우리 마당을 정리해 주셨다. "저희가 할게요. 그냥 놔두세요." 해도 "신경 쓰지 말고 이녁 일이나 허시오." 하면서 풀을 뜯거나 쓰레기를 정리하셨다. '저 할머니가 참견 좀 하겠는데.' 했지만 또 기우였다. 동네 분들의 관심은 딱 마당까지였다.

어르신들이 집 안으로 불쑥 들어오시는 경우는 없었다. 대개의 경우 "밖에 계시지 말고 들어오세요."라는 말을 세 번쯤은 해야 신

아내와 아들이 자주 드나드는
이웃 할머니들과 함께
마루에서 식사를 한다.
고맙고 고마운 분들이다.

을 벗으셨다. 집에 들어선 다음에도 수저는 쳐다보지도 않으셨다. 늦게 일어나기로 소문난 집이 된 다음에도 마찬가지였다. 호박죽이며 떡이며 특별한 먹거리를 갖다 주실 때도 아주 천천히 소리 안 나게 마루문을 연 뒤 그릇을 살며시 놓고는 다시 조심스럽게 문을 닫고 가셨다. 누가 두고 가셨는지 수소문하는 게 일이었다.

대신 농사짓는 일을 여쭤보면 다퉈 가며 소리 높여 알려 주셨다. 텃밭에 감자 심던 날은 비닐 안 씌운다는 항변도 소용없다.

"농사를 글로 배우면 쓰간디?"

어머니 몇 분이 오셔서는 비닐 씌우고 감자 심고 손 털며 가셨다. 철 없는 것들이 농사짓겠다고 나서는 게 안쓰러웠는지 어르신들이 하시는 말씀이라고는 "참말로 애쓰요." 혹은 이유도 없이 "고맙소." 하시는 게 전부였다. 참견? 간섭? 그런 건 없었다.

동갑내기 신임 이장이 전화를 했다.

"기술 센터에서 트랙터 빌려서 가는 길인데 니네 감자밭 로터리 쳐줄 테니까갈아 줄 테니까 기다리고 있어!"

며칠 전 비닐하우스 감자 캐는 일을 도와줬더니 저도 뭔가 해 줄 심산인가 보다. 밭갈이를 끝내고 아픈 발을 내려다보며 "고랑 만드는 일은 할 수 있겠냐?" 묻기에 "그건 해야지. 트랙터 기름이라도 한 말 넣어 주랴?" 되물었더니 "나중에 짬뽕이나 한 그릇 먹자." 하며 내빼 버렸다.

고랑을 파려고 관리기 경운기처럼 생긴 경운기보다 작은 기계를 준비하는데 전화벨이 울렸다. 간전댁 할머니다.

"선재네 내일 감자 심는다면서요. 선재 즈그 어메한테는 암 말도 말고 내일 나랑 일찍 가게요."

지난 주 몸이 편찮아서 힘드셨다는 얘길 들었는데 또 농장에 오시겠다는 말씀이었다.

"할머니 안 돼요. 제가 혼자 해도 반나절이면 하니까 걱정 말고 계세요. 집사람 알면 큰일 나요."

소용없었다.

"선재 아빠 몸도 안 좋담서요. 맘대로 해요. 아침 일찍 안 오먼 나 혼자 깬죽깬죽 걸어갈란께."

거리낌 없이 협박을 하신다. 감자 심는 것 말고도 마늘밭에 풀 뽑고 울타리도 정리하고 그러실 게 뻔하다.

"할머니 맘대로 하세요. 할머니 오시면 나 감자 안 심을래요!"

집에 가자마자 아내한테 일러바쳤다. 아내는 바로 전화를 집어 들었다.

"함무니, 안돼!"

일단 내지르고 시작한 통화는 5분 넘게 이어졌다. 아내는 감자 심는 날을 다음 날로 옮겼다고 말씀드렸으니 그 전에 얼른 심어 놓

아내가 간전댁 할머니 입술에 립글로스를 발라 드렸다.
"루주는 발라 봤는디 요런 건 첨이네."
거울을 보며 웃으신다.
좋아하시는 모습이 우리에겐 선물이다.

자고 했다. 감자 심겠다고 한 날은 할머니 모시고 꽃구경이라도 가야겠단다.

"귀경은 무슨 귀경이여. 할 일이 쌨는디." 하실 게 뻔하지만 구례에 살면서 길가에 핀 꽃 말고는 보신 적이 없다.

아내가 말했다.

"할머니하고 나는 아무래도 전생에 연인이었나 봐. 슬프게 헤어져서 다음 생에 꼭 다시 보자고 했을 거야."

그럴 만하다고 생각했다. '그럼 나는?' 하려다가 말았다. 그래, 맞다. 나는 둘 사이 찢어 놓고 끝내 나라까지 팔아먹은 대역 죄인이었을 거다!

그렇게 좋은 봄

오토바이 타기 좋은 날씨다. 적당히 시원하고 딱 알맞게 촉촉하다. 성긴 섬유 조직 틈으로 들어오는 공기가 기분 좋게 소름을 돋운다. 후다닥 터졌던 벚꽃은 잡아먹히듯 사라졌고, 꽃 따라 몰려들던 고급 승용차들과 신부처럼 화장한 아줌마들도 개복숭아꽃 따라 사그라지니 이제 조용한 봄이다. 그래도 여전히 화려하다. 언제들 심어 놓으신 건지 지천에 철쭉이 엎드린 자세로 널브러지고 지리산엔 연두빛 신록新綠이 봄 단풍처럼 솟아오른다. 농장 가는 길, 지날 때마다 뭔 웬수진 놈처럼 짖어 대던 그 집 누렁이도 풍경 감상을 하는지 오늘은 먼 산만 바라보며 나를 무시했다. '개 무시'를 당해도 봄은 봄이다.

다른 계절 이름과 다르게 봄만 한 글자다. 사람에게 중요한 것은 다 그렇단다. 맞는 것 같다. 눈, 코, 입, 귀, 밥, 술, 똥. 아주 먼

옛날 사계절이 순환한다는 걸 깨달은 순간, 얼마나 기뻤을지 상상이 간다. 날이 점점 추워지고 열매도 떨어지고 껴입을 것도 없던 시절, 이대로 점점 추워지다간 제 명에 못 죽겠다 싶을 즈음, 땅에서 먹을 풀이 돋고 날은 따스해지고 형형색색 꽃이 피니 죽다 살아난 기분 아니었겠나. 요즘 말하는 회춘回春하고는 댈 게 아니었을 거다.

그렇게 좋은 봄, 이 화려한 봄날 오토바이의 종착지는 맨날 농장이다. 농장도 화려하기는 마찬가지이다. 봄비 내리고 따스한 바람 불더니 뭐든지 쑥쑥 자란다. 농막 주변은 핏빛 철쭉이 감쌌고 감나무 주변의 호밀은 다리 짧은 주인 가랑이까지 간지럽힌다. 감자밭과 마늘밭 옆 맨땅은 어느새 냉이꽃이 하얗게 덮었고 온갖 야생화가 산으로 이어진다. 말이 좋아 야생화이지 사실 나한테는 그냥 잡꽃이다. 베고 뽑고 갈아엎어야 할 것들. 지난달 일주일에 걸쳐 말끔히 뽑아냈던 마늘밭의 잡초는 왕겨 밑에 숨어 있다가 시간차 공격을 하고, 아직 제초 매트를 덮지 않은 감자밭에선 새끼 풀들이 스멀스멀 올라온다. 잡초란 놈들이 날마다 째려보면 그나마 더디 자라는 것 같은데, 어쩌다 하루걸러 농장에 가보면 '무궁화 꽃이 피었습니다' 놀이 하듯 훅 올라와 있다. 하루만 걸러도 그러할진대, 일주일 만에 가본 농장은 지들 세상이었다.

3월초 발가락에 통풍 습격을 받은 후 약 한 달 정도 술과 고기

꽃은 흐드러졌는데
오토바이 타고 가는 곳은 맨날 농장이다.
꽃이 피거나 말거나
농부는 몸도 마음도 바쁜 봄날이니…….

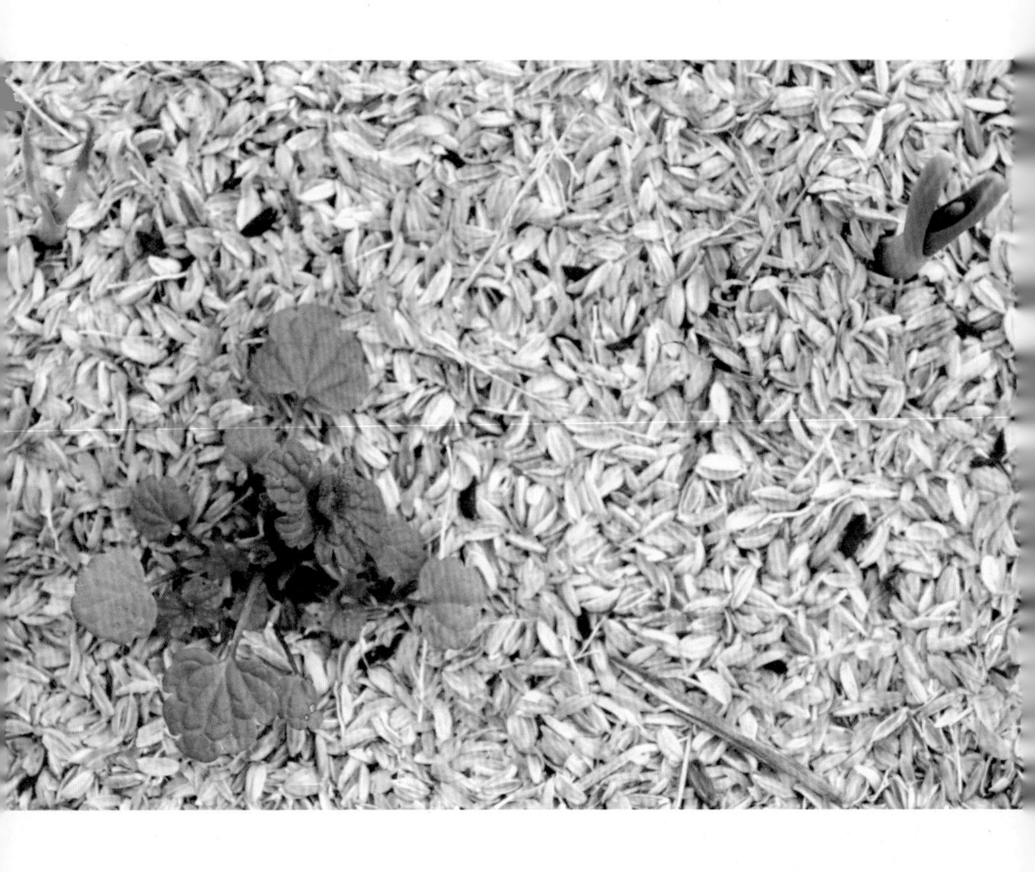

살짝 얼굴을 내민 마늘 싹(오른쪽) 옆으로
잡초(왼쪽)가 더 크게 자리를 차지했다.
쑥쑥 올라오는 모습을 얼핏 보면
무슨 작물인가 싶을 정도다.
한겨울 추위 잘 견디라고 마늘밭에
두툼하게 왕겨를 덮어 뒀더니
잡초한테까지도 포근한 이불이 되어 주었나 보다.

를 멀리하니 몸이 깨끗해지는 느낌이었다. 허리띠도 칸 수가 줄었고 화장실에서도 황금색을 볼 수 있었다. 타고난 몸의 형태가 애초부터 날아갈 듯 가볍기는 어렵지만 기분은 둥둥 떠다녔다. 그러던 4월 초, 좋아하는 후배 부부가 꽃구경을 겸해서 구례에 내려왔고 약간의 객기가 발동했다. 술 종류 중에 그나마 괜찮다는 와인과 기름기 쪽 뺐을 것이라고 맘대로 생각한 족발을 준비해 오랜만에 회포를 풀었다. 나름 채소를 곁들여 먹었고 '정화된 몸이니 이 정도는 괜찮을 거야.' 라며 적극적으로 안심하고 한껏 먹었다.

이튿날 저녁, 후배 부부가 상경한 후 극심한 통증이 다시 쳐들어 왔다. 정신 못 차린 건방진 심신에 채찍을 가하듯 이전보다 훨씬 강한 놈이 찾아왔다. 밤새 끙끙거리며 '일단 잠은 좀 자고 아프면 안 되겠냐.' 고 기도했지만 허락되지 않았다. 생각해 보니 내 잘못이 컸다. 덜 나쁘다는 것이지 좋을 것까지는 없는 술을 마냥 마셨고, 물에 삶았다고 기름기 없어진 게 아닌 고기를 폭풍 흡입한 탓이다. 채소를 곁들여 먹었다지만 그만큼 고기를 덜 먹은 게 아니라 그냥 그 채소만큼 더 먹은 결과였다.

다음 날 논두렁 보수 작업을 같이 하기로 한 동생이 전화했다.

"아이, 행님, 시골에 와서 몸이 좋아져야제 왜 더 주저앉는다요. 행님 혹시 밤일허고 댕긴가요?"

총각 놈이 밤일에 대해서 뭘 안다고 그러는지 모르겠다. 그리고 어떻게 밤일을 하면서 돌아댕기겠는가.

“그전부터 있었던 병이야. 겨우내 먹고 놀았더니 하늘에서 경고하는 거지 뭐.”

일주일간 양말도 신을 수 없었다.

어찌 보면 통풍 질환은 고마운 신호다. 중년에 흔히 찾아오는 당뇨병이나 고혈압에 비하면 몸에 큰 이상이 남지 않는 대신 극심한 고통을 받아 정신이 번쩍 차려진다. 5년 전 회사에서 야근을 하다가 처음 발가락이 아파 병원을 찾았을 때 의사는 검사 결과도 나오기 전에 통풍을 예견했다.

“스트레스 많이 받을 거고, 술자리 잦으실 거고, 야근도 자주 하시지요?”

점쟁이였다. 뭐 하나 “아닌데요!”라고 대들 수 없었다.

“통풍이 확실할 겁니다.”

역사적으로는 나폴레옹이 통풍으로 고생했다는 게 첫 기록이란다. 그래서 ‘귀족병’이라고도 한단다. 그러고 보니 짧고 굵은 게 나도 딱 나폴레옹 체격이다. 귀족은 아니지만 그만큼 먹어 대서 생기는 병이란다. 시골에 내려와서는 야근도 안 하고 생활도 바뀌었지만 먹는 양은 줄지 않아서 또 그랬나 보다. 남들은 잃어버린 건강을 되찾으려고 물 좋고 공기 맑은 곳에 내려온다는데, 나는 그 덕에 숙취 없고 고깃값 저렴하다고 냅다 먹어 제낀 탓이다.

뭐든 운동이 좋은 처방이지만 대부분 노동만 있지 운동은 드물다. 이곳 어르신들 역시 마찬가지이다. 좋은 환경에서 생활하지만 농사일로 인한 근골격계 질환은 피해 갈 수가 없다. 흔히 말하는 '골병' 이다. 부적절한 자세로 무리한 힘을 반복적으로 쓸 때 생기는 병이다. 쑤시고, 얼얼하고, 부러질 듯 아프고, 무감각해지는 이유다. 의사들 간에 '시골에 내려가 정형외과 차리면 망하진 않는다.' 는 말이 있다는데 실제로 그렇다. 특히 장날이면 아침 7시부터 병원 앞이 문전성시를 이룬다. '진료는 9시부터' 라고 큰 글씨로 적혀 있고 병원 한두 번 다녀 보신 것도 아닐 텐데, 그 추운 겨울에도 새벽같이 집을 나서서는 병원 입구에 자리부터 잡는 게 중요한 일이시다.

아직 나름 젊다는 나도 손목이나 팔꿈치가 시큰거린다. 하루 종일 호미질을 하거나 갑자기 자빠지는 관리기를 버팅기며 일으켜 세우려다 무리가 생긴다. 집에 와서 아내에게 아프다고 하면 바로 침이나 뜸을 권유한다. 아내는 흔히 말하는 '야매 침쟁이' 이다. 효과를 볼 때가 많긴 하지만 침은 무섭고 싫다. '이 사람이 평소 감정을 침으로 푸는 거 아니야?' 싶을 만큼 아플 때도 있는데, 이러다가 나도 모르게 한 대 후려칠 수도 있겠다 싶어 침보다는 뜸을 선호하는 편이다. 그렇다고 뜸이 안 아픈 건 아니지만 예상할 수 있는 고통인지라 소리 좀 지르고 나면 때리고 싶은 마음까지는 안 생긴다.

아내는 "그러다가 당신도 금방 골병들어. 운동해야 돼."라고 노래를 하지만 농사지으면서 운동하는 사람은 거의 없다. 배드민턴 동호회도 있고, 읍내에 실내 수영장도 있고, 곳곳에 헬스클럽도 있지만 왠지 내가 가야 할 곳은 아닌 것 같다. 물론 예외도 있다. 엊그제도 감자 두둑에 제초 매트를 덮다가 힘이 들어 농막에서 쉬는데 장씨 아저씨가 들어오셨다.

"일은 안 허고 맨날 앉아 있는가?"

아닌 건 아니지만 일단 정색을 했다.

"아저씨는 꼭 저 쉴 때만 오세요. 지금껏 뭐 빠지게 일하다가 잠깐 쉬는 건데."

"한 10분 일허고 한 시간씩 쉬고 앉았는 갑네. 시원한 물 있으면 좀 줘봐."

모자며 셔츠가 흠뻑 젖어 있었다.

"일 하셨어요?"

맥주 한 잔이라도 들이킨 듯 "캬!" 소리를 내시더니 한 컵 더 달라신다.

"일은 무신 일이여. 놀러 갔다 왔제. 자전거 타고 산동까지 갔다 오니라고."

왕복 40킬로미터 정도 되는 길이다.

아내와 친구가 텃밭에서 챙이 넓은 모자로 얼굴을 꽁꽁 싸맨 채 작업을 한다.
'봄볕에 며느리 내보내고 가을볕에 딸 내보낸다.'는 속담이 있듯
실제로 봄 햇살이 가을에 비해 자외선 지수가 높단다.

"안 힘드세요? 백 리 길인데."

"힘은 무신 힘이 들어. 평지로 설렁설렁 다닌디. 아, 좀 좋은가. 아침 일 좀 해놓고, 자전거 좀 타고 놀다가, 저녁에 좀 일허고, 밥 묵고 자고. 뭐, 그런 맛에 농사짓제."

언제쯤 나도 아저씨처럼 농사 맛을 볼 수 있을지 모르겠다.

씻나락을 물에 담궜다. 한 해 논농사의 출발점이다. 작년 가을 거둬들인 벼 중에 봄 파종을 위해 남겨 뒀던 종자다. 겨우내 죽은 듯 잠들어 있던 유기물이 물에 닿으면서 다시 생명으로 깨어난다. 봄에 치르는 소중한 과정이다. 병충해에 강한 외국 종자가 우리나라 상륙 준비를 하고 있단다. 들어오면 씻나락을 가질 수 없게 된다. 재파종을 금할 뿐더러 하려고 해도 유전자가 조작되어 있어 다음 해에 씨가 되질 못한다. 어쩌면 귀신이 까먹을 씻나락도 안 남을지 모른다.

키다리병 방제를 위해 뜨거운 물에 10분간 담그는 온탕 소독 절차를 마치고 전 이장님 댁에 마련된 물통에 씻나락을 부었다.

"애썼네. 인자 나락 농사 절반은 지은 셈이여."

이제는 나머지 절반이 훨씬 길다는 걸 알지만, 어르신의 거짓말은 늘 듣기 좋다. 허리도 안 좋고 최근 기력도 달리신다고 했다.

"아버님 기운이 없으시다면서요. 내일 제가 올 테니까 물 가는 일은 놔두세요." 해도 "이까짓 거 뭣이 힘들다고." 하신다. 동네 어르신들에게서 “아이구 그거 힘든 일이야.” 하는 말씀은 거의 들어보지 못했다.

다시 농장으로 오는데 입구쯤에 한 할머니가 허리를 구부리고 계신 게 보였다. 멀리서 봐도 간전댁 할머니다. 할머니는 무릎이 편찮아서 쪼그려 앉질 못하고 선 채로 허리를 굽혀 밭일을 하신다. 할머니가 허리를 굽히면 낫처럼 둥근 ‘ㄱ’이 아니라 진짜 ‘ㄱ’자처럼 완전히 꺾인다. 흉내를 내려고 해도 오금이 댕겨서 할 수 없는 자세다.

“할머니 왜 또 말씀도 없이 오셨대요! 또 고사리 끊으러 오다 보니께 선재네 농장이여, 뭐 이러실라고 그러죠?”

할머니는 허리도 안 펴고 씩 웃더니 농장 울타리 근처 풀을 매주셨다.

“전화라도 주고 오시라니까요!”

그냥 또 웃으시면서 뭐라고 말씀하시는데 잘 안 들렸다. 굳이 들으라는 말씀이 아니라 의도적인 동문서답이다.

“감나무 고랑에 미나리가 확 번지고 저짝에 쑥부쟁이가 퍼졌는디…….”

잠시 농기구를 챙겨 놓고 다시 할머니한테 갔다.

“할머니 이제 그만 가시게요. 모셔다드릴게요. 저도 집에 해야 할 일이 있어서 가야 해요.”

할머니는 하늘을 향한 엉덩이를 내 쪽으로 돌리며 "선재 아빠, 가세요. 나야 가든지 말든지 내뿌라 둬요." 하신다. 기가 막힐 노릇이다. 사정을 했다.

"할머니 요즘 편찮으셨다면서요. 이러다 쓰러지세요!"

소용없었다.

"이 나이에 안 아픈 사람이 어딨다고. 아픈 게 당연허제. 글고 이러다 쓰러지면 그거야 내 팔자제. 이렇게 일하다 가면 좀 좋아요. 얼렁 델꼬 갔으면 좋겄그마."

먹다 죽으면 좋겠다고 생각한 적은 있었다. 일하다 돌아가시면 좋겠다는 할머니 말씀은 진심일까. 난 한참 멀었나 보다.

나는 아직 적응 중

아무래도 심상치가 않다. 지난달부터 속을 썩이던 팔꿈치가 가만히 있어도 쿡쿡 쑤셔 댔다. 본격적인 농사철이고 할 일은 지리산만큼 많은데 괜찮겠지 하다가 팔을 영 못 쓰게 될까 봐 걱정이 됐다. 침만큼 주사도 싫지만 엑스레이라도 찍어 보고 그냥저냥 쓸 수 있는지 알아봐야 마음이 놓일 것 같았다.

역시나 병원은 만원이었다. 휴일 다음날이라 그런지 서 있기도 힘들었다. 점심시간 전에만 진료를 받을 수 있어도 다행이겠다 싶었다. 간호사처럼 분홍색 가운을 입은 직원은 연신 질문을 쏟아붓는 어르신들에게 똑같은 대답을 하느라 뿜어져 나오는 짜증을 참아 내는데 그 모습이 안쓰럽기까지 했다.

"엄마, 기다려 보셔요. 저도 언제 순서가 돌아올지 몰라요."

표준말로 또박또박 대답하던 직원이 동료가 다가오자 눈을 질

끈 감으며 낮은 소리로 하소연했다.

"아야, 대그빡 깨져 뿔겄다. 니가 여그 조깨 있어라. 나 좀 찌끌고 올란께."

병원에서 조우하신 어르신들끼리 나누는 대화는 농사 얘기가 대부분이었다.

"모판은 옇었는가?"

"엊그즈께 할망구하고 둘이 300판 옇었네."

나는 엊그제 140판 넣는 것도 힘들었는데 70대로 보이는 노인이 아무렇지 않은 듯 대답하신다. 두 분이 한참 말씀을 나누다가 모내기 방법에서 의견이 엇갈려서 살짝 다투더니 삐친 한쪽을 달래 보려는 듯 다른 한쪽이 물으신다.

"근디 여그는 어쩐 일인가?"

"아픈께 왔제. 병원에 밥 묵으러 왔으까."

"……, 어디가 안 좋가니 근가?"

"다 안 좋은디 그렇게 물으먼 되겄는가. 어디 좋은 디가 남았는가 물어봐야제."

"……, 밥은 묵었는가?"

"자네는 왜 병원에서 밥 타령인가?"

"……."

한참 지나서 화장실 다녀온 분홍색 직원이 내 이름을 불렀다.

“아버님, 다음 순서니까 문 앞에 계세요.”

그 직원을 쳐다보며 속으로 ‘아줌마 같은 며느리 둔 적 없거든요!’ 하고는 진찰실로 향했다. 나름 깨끗하게 입고 갔건만 의사는 진찰을 하더니 “농사지으시죠? 이건 쉬어야 낫는데 그럴 수는 없을 테고…….” 한다. 점집에 온 것도 아닌데 내가 뭔 일 하는지는 잘도 알아맞히면서 처방은 하나 마나 한 얘기만 했다.

“스테로이드 주사가 일시적인 효과는 있는데 자주 권하기는 그렇고…….”

대형 병원의 20초 진료보다는 나았지만 결정 장애가 있는 의사와 얘기하는 것도 쉽진 않았다.

병원을 나서는데 전화벨이 울렸다. ‘070’이 떠서 퉁명스럽게 받았더니 잘 아는 후배였다.

“형, 저예요. 목소리가 왜 그래요?”

“응 또 쓸데없는 전환 줄 알고. 잘 지내지?”

“예. 형은 완전히 적응했나 봐요. 이제 정착하신 거죠?”

“정착? 야, 뭐 꼭 외국 간 사람한테 얘기하듯 하냐.”

대답은 그랬지만 전화를 끊고 나니 느낌이 묘했다. 나는 아직도 적응 중인가? 이제 자리를 잡았다고 얘기할 수 있을까?

얼마 전, 일 때문에 제주도에 갔을 때 일행을 만나기로 한 시간까지 여유가 있어서 스쿠터를 빌렸다. 바닷길은 바람도 세고 그게 그거 같아서 산간 길로 접어들었다. 익숙하고 마음이 편했다. 무슨 작물을 심었는지 살펴보거나 오토바이 세우고 흙을 펴서 거름기가 있는지 만져 보고 다녔다. 경운기보다 트랙터가 많은 게 이상했고, 왜 저렇게 넓고 평평한 땅을 놀리는지 의아했다. 신라 왕릉 같은 오름을 보면서도 '구례 같으면 저런 데도 다 고사리 밭으로 만들 텐데.' 아까운 마음도 들었다. 그렇게 변해 버린 나를 봤다.

예전 같으면 바닷가 풍경을 즐기며 멋스럽고 이국적인 색깔에 매료됐을 텐데. 파란 건 풀이요 까만 건 흙이라며 보기 좋다고 했을 거다. 여기저기 달덩이처럼 곱게 솟은 오름에 올라 석양을 반사하는 주황색 억새를 바라보며 혼자 영화를 찍었을 거다. 존재가 의식을 규정한다던 누구의 말처럼 나는 이제 흙에 많이 가까워진 걸까. 이제 나를 농부라고 말해도 되려나.

모판을 넣어 둔 못자리를 살펴봤다. 하얗게 부직포를 씌워 놓은 모판 바닥이 촉촉해야 하는데 물이 다 빠져서 맨땅이 드러나 있었다. 전 이장님께 부리나케 달려갔다.

"아버님, 못자리가 말랐던데요. 물 대야 되는 거 아닌가요?"

여전히 몸이 안 좋으신지 누워 계시던 어르신이 어서 오라며 몸을 일으키셨다.

"걱정 안 해도 돼. 아침에 보고 왔네. 처음엔 바닥에 물기만 있어도 다 빨아들이는 벱이여. 외나 물이 많아서 넘치면 모가 녹아 뿌네. 내일이나 물 들여보내면 돼."

그제야 마음이 놓였다. 큰일 났나 싶다가도 어르신의 "괜찮네." 한마디면 세상이 평온해진다.

농장으로 돌아와 울금과 생강밭을 마무리하고 땅콩 심은 두둑을 정리하고 있는데 장씨 아저씨가 들어오셨다.

"좀 쉬었다 해."

커피 한잔 달라는 말씀이다.

"농막이 워낙 지저분해요. 들어가시자고 하기도……."

아저씨는 아랑곳하지 않고 앞장서서 들어가신다.

"농막이 깨끗허면 농막인가? 막 쓴께 농막이제."

갸우뚱했지만 참 듣기 좋은 말씀이다.

마침 D 동생이 관리기를 빌리러 왔기에 차 한잔 하고 가라며 함께 들어갔다.

바람이 세게 불기에 "올해는 태풍이 온다나 봐요." 했더니 "오면 오제 뭣이 걱정인가. 죽는 거 걱정하면 어치케 살겄는가. 안 근가?" 하신다. 지당하신 말씀이다.

"땅콩 심은 건 새들이 안 파먹을까 모르겠네요."

가스레인지에 물 얹으며 여쭤봤다.

"뭔 소리여. 새들이 아무리 새대가리라도 묵을 거 찾는 디는 귀신이여. 빨대 꽂은 거 맨키로 쏙쏙 빼 묵네."

커피를 드렸더니 물이 많다고 뭐라고 하신다. 못 들은 체했다.

"뭐라도 덮어 놓아야 될까요?"

"투명 비닐 씌우면 싹 난 거 보이고 거그만 구멍 뚫버 주면 좋겄그만. 비닐은 안 쓸 거 아녀."

"볏짚 좀 덮을까요?"

"볏짚은 추울 때 땅속 뎁히고 풀 막는 효과는 있제만은 새는 못 막어. 새가 뭐 땅 속에 콩은 눈에 보여서 빼 묵간디? 한번 보면 즈그 식구들 다 델꼬 와서 묵어 뿐단께."

어떻게 해야 하나 싶어 가만히 있는데 동생이 뭔가 생각난 듯 얘기했다.

"행님, 그거 있잖애요. 하얀 거. 그물."

"하얀 그물?"

"그 왜 작년에 콩 씌웠던 거 여자 속치마 겉은 거 있잖애요."

"아, 한랭사! 맞다! 그거 씌우면 되겠네요."

동생은 한 건 했다는 뿌듯한 표정으로 "제가 행님 자재 관리꺼지 해주네요이. 행님, 나 아니면 어치케 살란가요." 한다. 가만히 있으면 고맙다는 말이나 들을 것을 꼭 공치사를 하고 지나간다.

"자넨 작년에 써놓고도 몰랐단 말이여? 농사 일지 안 써? 글만 많이 보면 뭣 해. 써묵어야제. 서울 것덜 보면 헛똑똑이란께. 금서 뭔 농사를 진다고. 아직 멀었네."

아저씨가 혀를 차면서 농막을 나가셨다. 커피 물이 많아서 화가 나셨을까. '서울 것'으로 봐주신 건 고맙지만 뒤끝은 찜찜했다.

"행님 모판은 느셨대요?"

동생도 기운을 느꼈는지 화제를 돌렸다.

"엊그제 넣었어."

대답하고는 그날 찍은 사진이 생각났다. 진흙 묻은 맨발에 작은 꽃잎이랑 이파리가 묻어 대비가 되는 좋은 사진이라고 생각해서 보여 줬다. 동생이 사진을 한참 들여다보더니 말했다.

"행님, 발이 많이 붓었네요. 붓기가 안 빠진 갑그마. 통풍이 생각보다 오래가는 갑네요."

나 참 기가 막혀서! 그게 평상시 멀쩡한 내 발 모양이고, 붓기 싹 빠진 상태였건만 꽃은 보지 못하고 조금 다르게 생긴 발 모양만 보이나 보다.

"얌마. 달을 가리켰더니 손가락이 굵네요, 뭐 이런 거냐!"

아저씨한테 받은 면박을 동생한테 넘겨줬다.

집에 들어와 씻고 누웠는데 아내가 TV를 켰다. 요즘 방송은 태반이 먹는 얘기다. 흔히 말하는 '먹방'이 대세인가 보다. 연예인들이 떼로 나와 맛있다는 집 찾아다니면서 먹는 모습을 보여 주고 있었다. 연예인들은 평소에 감탄사 학습이라도 하는지 먹으면서 연신 희한한 신음 소리를 내고, 곧 순직할 것 같은 표정으로 입에

못자리 작업하는
흙투성이 발에
꽃이 떨어져
꽃무늬 발이 되었다.
더럽기도 하고
예쁘기도 하다.

처넣었다. 보고 있는 아내에게 화를 냈다.

"저걸 뭐 하러 봐! 열 번 본다고 한 접시 주는 것도 아니고, 식당이 어딘지 알아봐야 서울일 텐데!"

고기를 멀리한 지 두 달이 넘었는데 TV에 나오는 건 맨 고기 요리 뿐이었다. 보고 있기만 해도 점점 화가 났다. 자발적 채식주의가 아닌 탓에 느끼는 박탈감이기도 했다.

채널을 돌렸더니 이번엔 시간을 정하고 셰프끼리 요리를 해내는 대결 프로그램이었다. 연예인의 냉장고를 털어서 그 재료로 요리를 한다는데 소스나 향신료는 처음 들어 보는 이름이 많았고, 인스턴트 음식을 이용해 그럴 듯하게 조리했다. 어디서 온 재료인지 먹거리의 질은 어떤지에는 관심 없고 고급 레스토랑에서 볼 수 있는 코딱지만 한 요리에 환호했다. 아내가 "저건 만들기 쉽겠다. 저거 한번 해보자." 하길래 "된장찌개나 안 떨어지면 좋겠네." 했더니 입을 삐죽거렸다. 뭐라고 할 것 같아 몰아쳤다.

"80년대 5공 시절 쓰리에스 정책도 아니고, 이건 뭐 TV만 틀면 먹방에 몸짱에 성형 수술에, 완전히 사람들 바보 만드는 대회 중계 방송이구만. 농사에 도움 되는 건 하나도 없고 말이야."

듣고만 있던 아내 말문이 터졌다.

"대단한 농부 나셨네요, 아주. 아침 6시에 하는 농촌 프로그램은 왜 안 보고, 내 고향 어쩌구 하는 거는 왜 안 챙겨 본대. 마을 회관 가봐. 다들 드라마 챙겨 보고, 다 연예인 얘기들 하셔. 뭐 그분들은 농사 생각 없어서 그런 것만 보시나? 그분들 다 바보 됐나? 그리고 간전댁 할머니가 며칠 전에 농장 가보시더니 선재 아빠가 저 풀 다 잡을 수 있으까 걱정하시대. 할머니 자꾸 걱정하시게 하지 말고 잘 좀 해봐. 많이 하려고 욕심내지 말고."

"내 얘긴 그게 아니고……."

"괜히 고기 못 먹으니까 나한테 시비 걸지 말고 샐러드 많이 해놨으니까 그거라도 많이 먹고 참아 봐. 코끼리도 풀만 먹고 큰 몸땡이루 잘 살잖아."

할 말이 없었다. 코끼리도 안 보는 데서 악어 잡아먹는다는 얘기가 있지만 말하진 않았다.

입하立夏가 지났다. 일교차가 크긴 해도 완연한 여름이다. 땀과 한판 전쟁을 준비해야 할 시기다. 농부라면 작물이 쑥쑥 자라는 여름이 반갑고 고마운 마음이 당연할 텐데 언제쯤 그렇게 될까. 언젠가 장씨 아저씨가 하신 말씀이 기억난다.

"더위 어쩌고 허지 말고 새복에 인나서 시언헐 때 일해. 미련허게 여름 대낮에 땀 쏟음서 애쓴 척허지 말고."

60년차 농부의 말씀이다. 맞다. 새벽별 본 적 없는 나는 아직 멀었다.

농부의 땅

"라솔솔미, 라솔솔미."

요즘은 아침마다 저 새소리가 꽤나 자주 들린다. 결혼 전에 아내가 산에서 새 울음소리를 듣고는 '홀딱 벗고' 라고 하는 거라던 그 새다. 아내 귀에 그렇게 들린다는 줄 알고 변태 성향을 의심했는데 전해 오는 얘기란다. 검은등뻐꾸기의 울음소리를 들으면 이름보다 그 얘기가 먼저 생각난다.

사람들도 참 이상하다. 하필이면 그렇게 들었을까. 알고 보니 욕심이나 어리석음을 벗어 버리라는 뜻이라는데, 그것도 왠지 갖다 붙인 말인 것 같다. 스님한테는 '빡빡 깎고' 로 들린다고 하고, 누구한테는 '왈왈왈왈' 소리로 들려 '개새' 라고도 불린단다. 나한테는 '작작 먹고' 에 가깝게 들리긴 한다.

농막을 정리하고 있는데 창문 바로 앞에서 "휘- 휘-." 사람 부르는 소리가 들렸다. 내다보니 지척에 노란 꾀꼬리 두 마리가 뽀뽀를 하고 난리를 피우며 애정 행각 중이었다. 방충망에 가려서 내가 안 보이는지 제법 몰두하고 있었다. '바야흐로 짝짓기 철이구나!' 싶으면서 관음증이 발동하려는데 라디오에서 DJ가 얘기한다.

"오늘이 부부의 날입니다. 퇴근들 하시면 아내 분한테 모처럼 진한 애정 표현도 좀 하시고……."

사람이나 동물이나 바이오리듬이 비슷한가 보다.

"일 안 허고 뭐 허신가요?"

D 동생이 들어왔다.

"사방에서 아주 난리다, 야. 넌 짝짓기 안 하고 뭐 하냐. 낼모레면 마흔인데."

'짝' 이라는 말만 들어도 좋은지 씨익 웃는다.

"열심히 쟁여 놓고 있지라."

뭘 쌓아 놓고 있다는 건지 모르겠지만 돈이 아닌 건 분명하다. 문득 '용불용설' 이 떠올랐지만 말은 안 했다.

"행님, 그건 그렇고 땅 계약에 대해 좀 아시는가요?"

"너 땅 사려고?"

"지가 돈이 어딨단가요."

동생의 얘기는 이랬다. 아는 사람이 귀농하려고 구례에 땅을 알아봤는데 터무니없는 가격에 매매 계약을 했단다. 동생이 알아

보니 햇볕도 잘 안 들고 모양도 반듯하지 않아서 좋다고 할 수 없는 논이었다. 그런 땅을 시세보다 두 배는 더 비싼 값에 구입하기로 한 거다. 계약서에 도장은 찍었지만 아직 계약금을 주지는 않았다는데 계약금도 매매 금액의 20퍼센트나 주기로 했단다.

의견을 얘기해 줬다. 아직 계약금을 주지 않았다지만 계약서에 도장까지 찍었으니 위약금은 물어야 한다. 현지 사람인 동생이 땅 주인을 찾아가 사정을 해보는 수밖에 없다. 계약금도 너무 많이 걸었으니 그거라도 조정하고 깎을 수 있는 대로 깎아 보자. 돈도 받지 않고 계약서부터 쓴 걸 보면 땅 임자도 불순한 의도가 있는 것 같다. 동생도 동의했다.

귀농 희망자들이 땅을 산다는 설렘에 자세히 알아보지도 않고 덜컥 계약을 하는 예가 많다. 흔한 말로 '눈탱이 맞는다'고 하는 경우다. 대개는 퇴직금에 집까지 팔고 나면 뒷주머니가 두둑하다는 생각이 들게 마련이다. 도시와는 비교할 수 없는 가격에 널찍한 '내 땅'을 가질 수 있다는 설렘으로 마냥 들뜨는 것도 당연하다. 그럴 때 현지인 중에 아는 사람이라도 있어서 적정 시세도 확인하고 그 땅의 내력이나 성질까지 알아보면 금상첨화이겠지만 그런 운이 따르는 사람은 몇 없다.

대부분 인터넷으로 검색하다가 매물이 있으면 위성 사진으로 슬쩍 내려다보고, 한적한 곳인 데다 근처에 계곡이라도 있으면 낙

초여름 들판에서 농부들이 바삐 움직인다.
구례는 지리산이 뒤에 있어 논으로 사용할 수 있는 들판이 크지 않다.
그나마도 철쭉 등 묘목을 재배할 목적으로 용도를 변경하는
사례가 많아 쌀 재배 면적은 계속 줄어드는 추세다.
귀농 희망자들이 덜컥 비싸게 사버린 땅 때문에
농지 값이 덩달아 뛰어오르니
농사꾼이 농지 사는 게 점점 어렵다.

점을 한다. 그리고 일단 현장에 가보는 것까지는 좋다. 하지만 대강 똑같아 보이는 땅도 하루 만에 눈이 다 녹는 곳과 겨우내 얼어 있는 곳이 따로 있고, 같은 필지 내에도 뽀송뽀송한 데가 있고 물구덩이처럼 내내 젖어 있는 곳이 있다. 하루 발품으로 알 수 없는 일이다.

더군다나 지리산 근처를 선망하던 사람들은 산 둘레로 구례, 하동, 산청, 함양, 남원을 몇 바퀴씩 돌다가 웬만한 경사에 물도 흐르고 전망이 좋다 싶으면 "그래! 내가 여기 와서 살려고 그 고생을 했구나!" 하고는 덜컥 물어 버리는 경우가 많다. 서울보다 '0'이 두 개쯤은 빠지는 땅값에 맑은 공기 맡으며 살 수 있는 팔자 가진 사람이 몇이나 되겠냐며 스스로 '쓰담쓰담' 하고는 그림 같은 집 지을 생각에 골몰한다. 평균 경사율이 15퍼센트 이상이면 농사짓기 힘든 '한계 농지'로 구분되는데 그런 건 안중에도 없다.

혹시 누가 들으면 도시 출신이라 도시 사람 걱정하는 줄 오해할까 봐 얘기하는데 천만의 말씀이다. 무모하고 무식한 행동 때문에 원래 살던 사람들, 농사짓는 사람들이 힘들어지기 때문이다. 귀농 희망자들이 생각 없이 구입한 가격은 그 주변 농지와 택지의 기준 가격이 돼 버린다. "아무개네가 천변에 있는 논을 평당 10만원에 팔았대." 소리가 돌면 근처에서는 그 가격이 최저가로 굳어진다. "서울서 내려오는 사람이 아무개 하우스 뒤에 집 짓는다고 밭을 20만 원씩에 샀대. 그거 재작년에 8만 원에 내놨던 땅인디."
하면 농지는 물론이고 택지까지 그 곱으로 뛰게 마련이다.

얼마 전에도 콩밭을 넓혀 보려고 옆 땅 주인과 거래를 진행하던 한 샌이 옆 마을 거래가를 듣고 서둘러 사려 했지만 똑같은 소문을 들은 주인 김 샌이 올려 붙인 가격에 싸움만 일어났다. 갑자기 두 배로 뛴 땅값은 한 샌에게 '넘사벽' 이었고, "한 동네 살면서 이럴 수 있는가!" 라는 소용없는 말밖에 할 게 없었다. 장담하건대, 한 샌은 그 땅을 앞으로도 살 수 없고 김 샌은 얼마 지나지 않아 서울에 사는 큰아들에게 넘길 게 분명하다. 결국 현지 주민이 살 수 없는 땅이 되는 수순이다.

구식 농가에 사는 장씨 아저씨도 집을 다시 지을 겸해서 터를 알아봤지만 이미 예상을 벗어난 시세에 구입을 포기하고 원래 살던 집자리에 조그맣게 다시 짓기로 하셨다. 한탄조로 "인자 구례 땅 살 수 있는 건 서울 놈들뿐이네." 하시던 아저씨 말씀이 서울 놈이었던 시골 놈 귀에 적잖이 서글프게 들렸다.

동생이 돌아간 뒤에 예초기를 챙겨 논으로 향했다. 작년 가을에 녹비 작물이듬해 거름이 되라고 뿌리는 풀로 뿌렸던 호밀이 키만큼 자라서 모내기 전에 베어 줘야 했다. 그냥 밑동을 자르면 길이가 길어서 나중에 트랙터가 논을 갈 때 뒷날에 감기기 때문에 중간을 베고 다시 밑동을 쳐줘야 한다. 하루면 다 하겠다 싶었던 일이 사흘

째다. 맘 단단히 먹고 마스크를 쓰는데 수로 관리하는 아저씨가 내 옆에 오토바이를 세웠다.

"오랜만이네. 바빠지겠네."

항상 웃으신다. 3년 전 가뭄에 이 지역 물 조절하느라 힘드실 때도 마찬가지였다.

"예. 잘 지내셨어요? 이제 자주 뵙겠네요."

추수 이후에 논에 자주 올 일이 없으니 거의 반 년 만에 뵙는 셈이다.

"이거 얼마에 샀다고 했는가?"

갑자기 논 값을 물어보셨다.

"3년 전에 5만 5천 원인가 줬어요. 조 아래 친구는 그 두 해 전에 3만 5천 원에 샀다는데요."

또 웃으신다.

"잘 사셨네. 지금 이 근방 땅은 다 8만 원이 넘어. 아리께 쩌 초등학교 앞에 논도 8만 5천 원에 팔렸다드마. 돈 벌었네. 애쓰셔."

휙 가버리셨다.

풀 벨 때 흐르는 땀은 닦아 내기도 사납다. 예초기를 세우고, 보호구 모자 안경을 차례로 벗어야 수건을 갖다 댈 수 있다. 다 벗었다고 생각하고는 안경을 쓴 채로 닦다가 혼자 구시렁대는 적도 가끔 있다. 떡 본 김에 제사 지낸다고 논바닥에 주저앉았다. 살펴보는 논과 일하는 논의 면적은 체감상 열 배는 차이가 난다. 이러다 쓰러지면 누가 발견해서 살려 줄 수 있을까 생각하던 중 수로 관리인 아저씨의 "돈 벌었네." 하는 말씀이 귓가에 맴돌았다. 돈 벌었다고? 땅은 그대로인데 사람들이 매기는 가격이 오르면 돈 번 건가? 팔게 되면 살 때보다 더 받긴 하겠지. 하지만 농사짓는 사람이 땅을 파는 건 어려운 사정이 있을 때인데 그럴 때 받는 돈이 벌어들인 돈이 될까? 난 논이 더 필요한데 사려면 이제 더 힘들어졌다는 얘기밖에 더 되나? 쉬면서도 기운이 빠졌다. 장씨 아저씨 말씀이 생각났다.

"농사도 안 짓는 사람들이 논밭을 왜 꿰차고 있냔 말이여. 누가 공약으로 농지 개혁 들고 나오면 내 죽은 이승만이 나온다 그래도 찍는다. 세상없어도 그건 꼭 해야 된다고 보네. 안 그면 어치케 된가 함 보소."

논일을 마치고 농장으로 돌아왔다. 밭을 둘러보니 마늘종은 길게 늘어지고 감자꽃은 키 재기를 하고 있다. 땅속에 숨은 뿌리 열매 감자는 못생긴 걸로 유명하지만 흙을 뚫고 올라온 감자꽃은 예쁘기 그지없다. 프랑스의 왕비 마리 앙투아네트가 머리 장식으로 썼을 정도다. 주위를 한번 살피고 나서 나도 감자꽃을 꺾어 머리에 꽂아 봤지만 숱이 모자라 실패했다. 다시 둘러보니 웃통 다 벗고 일하던 윗집 총각이 내려다보고 있었다. 나도 놀랐지만 그 친

꽃이 예쁘게 핀 감자밭을 둘러보았다.
못생긴 걸로 유명한 감자에 비해
감자꽃은 참 예쁘다.

구도 놀랐나 보다. 멍한 표정에 대고 그냥 웃어 줬다.

마늘이나 감자나 둘 다 뿌리 작물인지라 위에 맺는 꽃이 수확에 방해가 된다고 잘라 준다. 후대를 위해 애쓰는 생명의 생식기를 자르는 것이니 동물로 말하면 거세하는 셈이다. 그렇게 생각하니 미안하다. 서양에서는 동물 복지에 대한 관심이 확산되고 있다는데 식물 복지라는 말은 말이 안 될까. 같은 생명이고, 태어나서 가급적 본연의 생태대로 살 수 있게 해주는 게 의미가 있다면 말이다. 하긴 웃음을 지을 정도로 행복하게 잘 키운 동물을 결국 좋은 먹거리라고 쓱싹 잡아먹는 거 보면, 동식물에 복지 어쩌고 하는 게 너무 인간 중심적인 생각 아닌가 싶기도 하다. 사람 복지도 제대로 건사 못해서 맨날 쌈박질하는 중계 방송을 보고 사는데 뭐.

예초기 탓인지 허리도 아프고 팔꿈치도 쑤셔서 농막으로 내려와 물을 끓이면서 라디오를 틀었다. 읽던 소설책을 펼치는데 불법자금을 받은 정치인을 기소한다는 뉴스가 나왔다. 얼마 안 되겠지만 내가 낸 돈으로 그 정치인 마누라 비자금 채워 주고 그 자식 유학 보냈다는 생각에 화가 났다. 뻔뻔스럽게 "내가 받은 돈이니 내 돈 아니냐."고 눈 동그랗게 뜨던 화면이 떠올랐다. 받아먹은 돈으로 여기저기 사놓은 땅은 또 얼마나 되려나. 채널을 돌려 버렸다.

자연사 박물관 관장이라는 사람이 나와 인터뷰 중이었다.

"관장님은 외계인이 있다고 보시나요?"

"당연히 있다고 확신합니다."

나도 그럴 것 같다는 생각이 들었다. 관장은 이유를 설명했다.

"태양과 같은 별이 수천억 개 모여 은하가 됩니다. 그런 은하 수천억 개가 모여 우주가 됩니다. 우주가 낭비할 리 없죠. 어디엔가 외계인은 분명히 있습니다."

설명을 듣고 생각이 바뀌었다. 혹시 지구가 우주에서 유일하게 낭비되는 곳은 아닐까? 신이 지구에 인간을 들여놓은 것 같은 실수를 다른 곳에서 또 했을까?

라디오를 껐다. 펼쳤던 책에 굴러다니던 명함을 다시 끼웠다. 그냥 좀 쉬고 싶어 눈을 감았다. 슬슬 잠이 오는데 검은등뻐꾸기가 다시 울어 댔다.

"작작놀고, 작작놀고. 왈왈왈왈, 왈왈왈왈."

이런 개새들!

촌스러운 게 어때서!

밤꽃 냄새가 비릿하게 오토바이를 따라왔다. 농장에서 논으로 가는 내리막길, 봄처녀 치맛자락 같던 아카시아 향이 어느새 음흉한 사내의 바지춤 체취로 바뀌었다. 밤꽃 냄새에 얼굴 찡그리자니, 내 몸의 땀 냄새도 나을 게 없지 싶다. 그나마 살 붙이고 숨죽이던 지하철 안 타도 되는 게 다행이다.

한편에선 아직도 밀이 누렇게 자리를 차지하고, 다른 한편에선 트랙터가 물 가득한 논을 써레질하며 화살표 물살을 만든다. 트럭들은 모판을 날라 대느라 먼지를 일으키고, 모내기를 끝낸 논에서는 빈 자리 땜빵한다고 노인네들이 느릿느릿 움직인다. 언뜻 보면 '그림' 이다. 하긴, 나도 어릴 적 이발소에서 본 밀레의 〈이삭 줍는 여인들〉을 평화로운 풍경화라고 생각했다. 그림 한편에 말 탄 지주가 지켜보는 것도 몰랐고, 저 할매들 허리가 끊어지게 아플 거라는 생각은 꿈에도 못했다.

이제 6월초, 아직 이렇게 뜨겁지 않아도 되는데 하늘은 쳐다보기 두려울 정도로 눈부셨다. 좀 서둘렀으면 이렇게 찌는 날 고생하지 않아도 될 텐데 그게 잘 안 된다. 이름값 좀 하는 누구는 나 같이 뭉그적대는 사람들에 대해 '미래에 대한 간절함보다 현재 자신의 욕구가 더 중요하다고 생각하기 때문에 꾸물거리기를 포기하지 않는다.' 고 일침을 가했다. 침을 맞고도 별로 아프지 않은 걸 보니 어차피 그런 말은 나 같은 부류에게 아무 소용이 없는 말인가 보다. 그렇게 말하는 사람만 만족하면 그만이다.

논에 도착하니 하늘에 뜬 태양에 물에 잠긴 태양까지 아래위로 번쩍번쩍 자외선을 쏘아 댄다. 그러잖아도 모자챙 넓이를 벗어난 얼굴은 이미 벌게져 있는데……. 피부 관리엔 젬병인 날이다. 지금 상태도 썩 좋지 않은데 이러다 피부가 아니라 그냥 껍데기가 될까 봐 겁난다. 가끔 아내가 꼬집어도 별로 아프지 않은 걸 보면 이미 그렇게 된 건지도 모르겠다. 촌스러운 모양새로 안정돼 가는 느낌이 불길하다.

땅바닥에 주저앉아 노랗게 바랜 주황색 물장화를 당겨 신는데, 이상하게 생긴 경차가 지나갔다. 유심히 보니 광고 박스를 지붕에 실었다. '물 좋으다 ○○나이트!' 옆 도시인 순천 업소에서 광고하러 돌아다니나 보다. 정신없는 사람이다. 이 바쁜 철에 논 주변으

한 농부가 모내기 할 논에 물을 대며 논두렁을 살펴본다.
모내기를 하려면 써래질을 해야 하고,
써래질을 하려면 논에 물을 충분히 대야 한다.

로 저런 광고를 하고 다니면 무슨 소용이 있겠나. 가뜩이나 논에 물 받느라고 신경 곤두서 있는데 나이트클럽 수질 얘기가 눈에 들어오겠냐 말이다.

논흙을 고르게 펴는 써레질을 하려면 땅이 안 보일 정도로 물을 대야 하는데 엊그제부터 받은 물이 아직도 성에 차지 않았다. 3000제곱미터900평 논배미에 물 10센티미터를 높이려면 300톤이 필요하다. 도시에 자주 돌아다니는 5톤 살수차로 60대 분량이다. 지리산 덕에 크게 가물진 않는다 해도 논마다 적잖은 양의 물이 필요하다 보니 이맘때면 누구나 날카로워지기 마련이다. '물싸움에는 부자지간도 없다.' 고 하지 않나. 실제로 3년 전 가뭄 때, 새벽 2시에 나가서 수로 위쪽에 막아 놓은 물을 터보려고 했더니 3명이나 지키고 앉아 있었다. 어둠 속에서도 살벌한 표정이 번쩍거려 말도 못 붙이고 돌아와야 했다.

땅강아지가 뚫어 놓은 구멍도 막을 겸, 물이 새지 않도록 논두렁 주변을 꾹꾹 밟다 보니 첫 모내기 때 생각이 났다. 마을에서 유일한 동갑내기인 친구가 나를 데리고 다니면서 논 고르는 방법, 모내기할 때 모판 준비하는 요령, 적당한 물 높이 등을 알려 줬다. 그 친구는 이곳이 고향이지만 서울에서 생활하다가 다시 내려온 지 5년쯤 된 터였다. 저도 내려온 지 얼마 안 되는 처지에 내가 서툰 몸짓을 하면 "아무리 몰라도 그것도 모르냐!"며 꽤나 구박했

모내기를 앞두고 마을 어르신이 트랙터로
논의 높낮이를 조절하며 써래질을 하고 있다.

다. 모르면 그냥 모르는 거지, 아무리 모르는 게 있고 대강 모르는 게 있을까. 누군가 귀농해서 나한테 물어보면 참 친절하게 알려 줄 수 있는데, 논농사 짓겠다는 후임이 없다.

큰 논 손질을 마치고 작은 논에서 일하는데 아랫도리가 저려 왔다. 덥다고 마셔 댄 물이 땀으로 쏟아 내고도 남은 게 있었나 보다. 적당한 자리를 찾는데 오늘따라 주변에 사람이 많다. 전봇대로는 가리기가 힘들겠고 자리를 옮기자니 잘 못 걷겠고, 즉석에서 해결해야 하는데 난감했다. 우리 논 방향으로는 사람이 없었지만 논두렁은 나지막했고 저만치 큰길에 차가 지나다녔다. '앉아 쏴' 할 수도 없고 해서 도로까지 거리를 계산하니 어림잡아 200미터. '그래, 뭐 이 정도 거리면 뭐 보이겠나.' 싶어 급하게 쏟아 냈다. 부르르 떨면서도 '내가 콤플렉스 있나?' 싶었는데 지나가던 차가 "빠아앙!" 길게 경적을 울렸다. 깜짝 놀라 후딱 마무리하면서 다행히 콤플렉스에 대한 우려도 말끔해졌다.

그렇게 논일을 마칠 때쯤 전화가 왔다. 읍에서 건강원을 하는 친구다. 가끔 전화해서 "살아 보니 행복하냐?"고 묻기도 한다.

"막걸리 두어 통 사서 농장으로 갈게!"

친구는 대답도 듣지 않고 끊었다.

농막에 도착해 슬리퍼로 갈아 신고 옷 좀 털어 내고 있는데 그 친구가 들어왔다.

"야이, 촌놈아! 완전 촌놈 다 됐네."

빙그레 웃었더니 한술 더 뜬다.

"내가 유헌이 널 보면 참 좋아. 얼굴에 자신이 생겨."

기가 막힐 일이다. 얼마 전 허리 수술하신 우리 엄마가 알면 공중제비 넘을 일이다.

"언제 한번 봐라. 내가 읍에다 우리 둘 사진 붙여 놓고 스티커 붙이기 한번 할 테니까. 지는 놈이 크게 한턱 쏘는 걸루. 콜?" 하는데 장씨 아저씨가 들어오셨다.

"아저씨, 얘가 지 인물이 저보다 낫다는데요?"

자신 있게 여쭤봤지만 아저씨 대답은 짧았다.

"그거나 그거나."

도긴개긴이란 얘기다. 친구가 다시 대들었다.

"어르신, 저는 구례를 떠난 적이 없고, 이 친구는 내려온 지 5년도 안 됐는디 딱 보씨요. 누굴 촌놈으로 보겄는가. 유헌이 자넨 귀농 정착에 외모가 도움이 된 유일한 사람이여."

5년 전 여름 집도 못 구하고 돌아다닐 때, 섬진강에 띄운 이 친구 배에서 삼겹살이랑 소주만 얻어먹지 않았어도 봐주지 않으려고 했다. 농장 자리 구하고 농막 수리할 때 자기 일처럼 발 벗고 나서서 살갑게 도와주지만 않았어도 친구 안 하려고 했다. 그때 아저씨가 한마디하셨다.

"촌스러운 게 나쁜가?"

아저씨 말씀인즉, 촌스러움은 맘 편히 살 수 있는 좋은 방법이다. 비싼 거 좋은 거 먹고 입지 않아도 되고, 남들 의식하지 않고 내 생각대로 살 수 있는 생활 방식이다. 괜히 위에 사는 사람들 바라보면서 목 부러지지 말고 제 처지 깨닫고 살면 되는 거라 하신다. 앞만 보고 살다가는 인생에서 남는 장사 못한다고. 목소리 높이던 두 촌놈은 한마디 못하고 듣기만 했다.

한 10여 년 전, 한옥 짓는 목수가 되겠다고 공부를 한 적이 있다. 당시 배운 집의 구조와 명칭, 방법 등은 이제 가물가물하지만 아직도 명확히 기억하는 게 한 가지 있다. 팔순을 앞두고 있던 한옥 사진작가께서 하신 말씀이다.

"모든 사진은 눈높이에서 사람의 시각과 비슷한 표준 렌즈로 찍는 게 중요해요. 뒷산에 올라가 한옥을 찍거나 바닥에서 크게 왜곡해서 찍어 놓고 멋있다고 얘기하면 곤란해요. 뒷산에 올라가서 지붕 내려다보고 살 건가? 아니면 붕어 눈깔 끼고 누워서 살 건가? 세상살이도 마찬가집니다."

현실보다 억지로 멋있게 보이려 하지 말라는 말씀이었다.

생각해 보면 그렇다. 멋진 풍경 사진을 보면서 "저기 서 있는 저 사람은 참 행복하겠다!" 하지만 그 사진 속의 사람들은 자신들이 그렇게 비춰지는지 잘 알지 못한다. 나도 가끔 오래된 사진첩을 넘겨 보며 '그때 참 좋았는데.' 하지만 당시엔 그렇게 느끼지 못했다. 그렇게 사진 들여다보듯 지금 내 모양을 살피면 되는데 말이다. 장씨 아저씨가 한마디 더 하셨다.

"촌놈? 지가 촌놈인지만 알면 무서울 것이 없는 것이네."

죽어라 일하지만 욕심의 속도는 그것보다 항상 빠르다고 했다. 욕심의 속도만 늦추면 죽어라 일 안 해도 될지 모른다는 말로 들린다. 일례로, 한 자동차 공장에서 일하던 동남아 노동자가 획기적으로 생산비를 절감할 수 있는 방법을 고안해 냈단다. 회사에서 월급을 두 배로 올려 주겠다고 했더니, 월급은 그냥 그대로 받고 일을 절반만 하면 안 되겠냐고 했단다. 행복 지수가 높은 나라 국민답다. 나라면 어느 쪽을 택했을까. 동남아 쪽 성향이 짙은 것 같기도 하고…….

농막을 나서는 아저씨를 배웅하면서 "꼭 죽어라 일해야 되는 건 아닌가 봐요. 그쵸?" 했더니 전날 옮겨 심은 고구마 순을 가리키면서 말씀하셨다.

"저 고구마 다 죽겄다. 얼렁 물 한 바가치라도 더 찌끄러 줘. 지만 살고 저것덜 죽이면 쓰겄나!"

즉시 호스로 물을 갖다 댔다.

친구도 돌아간 뒤 누룽지로 점심 때우고 나니 잠이 몰려왔다. 일하는 건 아직 멀었는데 쉬는 리듬은 농사꾼 다 된 것 같다. 라디오를 켜니 흥미로운 뉴스가 나왔다. 'OECD 보고서에 따르면 한국인 중 어려울 때 기댈 수 있는 사람이 있다고 답한 비율이 72퍼센트로 회원국 중 꼴찌' 라는 내용이었다. 어째서 OECD가 조사만 했다 하면 1등 아니면 꼴찌인지. 한국은 모 아니면 도를 좋아하나 보다. 화끈하다. 72퍼센트라니까 많은 것 같았는데 반대로 기댈 곳 없는 사람이 28퍼센트라니 안타깝다. 보고서 제목이 '더 나은 삶 지수' 라니 더 슬퍼진다. 악착같이 벌어서 별로 안 친한 사람의 경조사까지 그렇게 잘 챙기는 사람들인데. 억울하기도 하다.

저녁에 집에 들어와 씻고 먹고 누워서 TV를 켰다. 뉴스마다 똑같은 소리라 채널을 돌리다 보니 하루 세끼 챙겨 먹는 걸 중계하는 프로그램이 나왔다. 가만 보니 돈 벌 일은 안 하고 하루 세 번 먹고 치우는 게 거의 다인데 그것도 힘들어했다. 저 사람들은 그것만으로도 힘들어해야 돈을 버는 사람들인가 보다. 옆에 있던 아내가 물었다.

"더워서 힘들지 않아? 작물 종류를 더 줄여 보면 안 될까?"

아내는 요즘 부실한 몸 고쳐 보려고 이렇게 저렇게 애쓰는 중이다. 말만으로도 힘이 된다.

"괜찮어. 작년보다는 훨 나은 것 같어."

그래. 사실 좀 나아졌지만 힘들지 않은 건 아니다. 얼마나 힘든

지 아니까 덜한 것뿐이다. 지리산 다닐 때도 갈 적마다 조금씩 수월해지는 느낌이 들지 않았나. 이제 5년 차, 제 꼴 아는 촌놈 한번 해보지 뭐. 외모까지 받쳐 준다는데. 그러다 정 어렵고 힘들어지면 훅 기댈 테니, 마누라야 부디 건강해 다오!

자식 농사는 어디쯤?

조마조마한 심정을 뒤늦게 알았다. 모내기를 끝내고 이앙기가 논을 빠져나올 때 어지러울 정도로 한숨이 새어 나왔다. 3년 전, 묘목이 자라던 논을 구입한 탓에 다시 제대로 된 논으로 만드느라 애를 먹었다. 포클레인까지 동원했지만 큰 두둑마냥 굳어진 땅은 그만큼 굴곡 심한 웅덩이를 남겼다. 모내기를 하던 이앙기는 야생마처럼 출렁대다 처박히기 일쑤였고, 온 동네 형님들을 다 불러 모아도 안 되면 트랙터로 묶어 끌어내야 했다. 그러다 보면 타들어가는 속은 뙤약볕 아래 살갗보다 더 시커메졌다.

"한 3년은 고생허겄네. 시간 지나면 괜찮아질 것이여."

동네 어르신들이 입을 모아 말씀하셨다. 그리고 그만큼 시간이 지나자 그 말씀이 귀신처럼 들어맞아 속으로 신음 같은 환호를 질렀다.

하지만 기쁨은 오래가지 않았다. 아슬아슬하게 돌아다닌 이앙기가 몇 줄씩 빈자리를 만들어 놓았고, 바닥 수평이 맞지 않아 논 한쪽은 흙이 드러나는데 반대쪽은 모 포기가 온통 물에 잠겼다. 바닥이 보이면 금세 잡초가 자랄 것이고, 모가 물에 잠기면 녹아 버리거나 우렁이 밥이 될 판이다. 진퇴양난, 첩첩산중, 딜레마……, 빼도 박도 못하는 이 상황은 뭔 말을 갖다 붙여도 설명이 안 된다. 어쩔 수 없다. 올해도 반신욕 해도 될 만큼 뜨듯해진 물에서 낯익은 풀들과 한 판 씨름을 벌일 수밖에.

농장으로 돌아와 주황색 물장화를 벗는데 땀이 차서 그런지 저항이 완강했다. 주저앉아서 두 손으로 잡고 당기다가 호흡 곤란으로 현기증이 왔다. 뱃살 때문이다. 안되겠다 싶어 다시 일어났다. 한쪽 뒤꿈치로 다른 쪽 뒤꿈치를 밟고 발을 빼려고 힘을 쓰는데 몸이 기우뚱한다. 넘어지지 않으려고 짧고 빠르게 스텝을 옮기는데 반쯤 벗겨진 장화 끝을 다시 밟는 바람에 한 바퀴 제대로 구르고야 멈췄다. 주위부터 둘러봤다. 보는 사람도 없는데 아픔보다 창피함이 먼저다. 엎어진 김에 쉬어 가자고 넘어진 자세로 숨을 골랐다.

그때 장씨 아저씨가 농막으로 들어오신다.

"뭣 허고 자빠졌는가?"

말씀 그대로 누워 있는 이유를 물으신 건데 설명드리기가 어려웠다.

“인자 구례도 난리그마.”

커피 대신 찬물을 원샷하신 아저씨가 막걸리 후속 동작처럼 손으로 입을 씻어 냈다.

“읍내 병원에 말이시, 뉴스 나오던 서울 그 병원에 갔던 사람이 와서 돌아댕겼다고 비상이 쫙 걸렸어.”

실제로 메르스 여파는 우리 집까지 미쳤다. 초등학교와 중학교에서 방과 후 글쓰기 수업을 하는 아내가 조금 전 수업이 취소됐다고 알려 줬다. “손 잘 씻고 간다고 해보지 그랬어.” 했지만 나라 전체가 잔뜩 움츠려 있는데 별 수 없었다.

“시장 상황도 많이 안 좋은가 봐요.”

아저씨 말씀에 추임새를 넣어 드리니 목소리가 높아지신다.

“시장만 문제여? 경제가 큰일났구만.”

그게 그 말씀인데.

“근디, 음악이 메르스 치료에 효과가 좀 있는 갑제?”

“왜요?”

“아, 거 뉴스에서 계속 음악 병실 해쌓드마 못 들었어?”

웃을 뻔했다.

“아, 음압 병실이요? 그거 공기 압력에 차이를 둬서 병균이 밖으로 못 나가게 하는 장치래요.”

아저씨야말로 웃으신다.

"그 소리여? 난 또. 전에 소 키울 때도 보면 클래식인가 뭐인가 음악 틀어 주면 육질이 좋아진다고 안 했는가. 사람도 그런 줄 알았제."

고개를 끄덕이시는데 두꺼운 입술이 더 두꺼워 보였다.

"인자 뭣 헐란가?"

화제를 돌리신다.

"친구네 식구가 온다고 해서요. 정리하고 들어가려고요."

아저씨가 한마디 덧붙이며 일어서신다.

"자네, 농장 문 앞에서 입장료 받어. 농사 수입보다 낫겄네."

구례 내려오기 전, 선재가 다니던 초등학교 친구 M의 가족이 방문했다. 엄마들끼리는 애들 얘기하다가 친한 친구가 됐고, 아빠들끼리는 마누라 흉보다가 형님 동생이 됐다. 미국 유학 중인 M이 방학이라고 귀국해서 여행을 다니는 중이란다. 오랜만에 마당에서 숯 피워 고기를 구워 먹으며 이런저런 얘기를 했다. "이제 할 만하냐, 살 좀 빠졌다, 머리숱도 많아진 것 같다." 뭐, 이런 덕담이 오갔다. 애들은 덩치는 커졌지만 여전히 낄낄대며 머리 맞대고 웃는 게 예전처럼 귀여웠다. 그러던 중 M이 선재에게 물었다.

"시골 내려온 거 후회한 적 없냐?"

순간 내 몸이 굳었다. 나도 궁금했던 얘기이고 고등학생이 된 아들의 입에서 무슨 말이 나올지 겁도 났다.

"음, 이제는 좋아."

대답은 짧았다. 처음엔 후회했다는 말이고, 그만큼 힘들었다는 거고, 엄마 아빠한테 시시콜콜 얘기는 안 했지만 잘 이겨 냈다는 뜻이고, 지금은 지낼 만하다는 의미로 들렸다. 살짝 한숨이 새 나왔다.

귀농을 결정하고 나서 사람들은 말이 많았다.

"애는 무슨 죄냐. 너 좋아서 내려가는 건 좋지만 애 생각은 해봤냐."

"애가 어리다고 의견도 묻지 않고 일방적으로 귀농하는 건 폭력이다."

"나중에 애한테 무슨 원망을 들으려고 그러냐."

대부분 회사 그만두는 게 부럽다고 말하다가도 아이 얘기만 나오면 비난과 협박을 서슴지 않았다. 그 자리에서 '아이 생각을 왜 안 했겠느냐.' 고 변명하고 싶었지만 그냥 웃고 말았다. 쉽게 판가름 날 일이 아니기 때문이다.

어쩌면 아이 생각을 제일 많이 했다고 해도 거짓말은 아니다. 어찌해야 잘 키우는 것일까. 일반적이지 않은 사회에서 아이가 어떻게 커야 살아남을 수 있을까. 사고가 사건이 되는 나라, 우연이 필연으로 결말이 나는 곳, 더 이상 양보라는 미덕은 없고 승패만 남는 사회에 순순히 길들여지도록 가르치는 게 부모의 도리인가. 그러기 위해서 엄마는 아이가 공부하는 책상 옆에 앉아 새벽까지 뜨개질을 해야 하고, 1년 중에 학원이 쉬는 2박 3일이 가족의 유일한 휴가가 되는 모습이 정상일까.

그렇지 않다고 확신했다. 50년쯤 살아 보니 배경, 출신, 직업은 중요하지 않았다. 가족을 귀하게 여기고, 주변을 살필 줄 알고, 사회와 공감하는 능력이 더 중요했다. 자신의 기쁜 일에 즐거워하는 만큼 남들의 억울함에 분노할 줄 아는 사람이 됐으면 했다. 말만 번드르르한 파렴치를 가려내고, 어눌하지만 착한 사람을 좋아했으면 했다. 큰 어려움이 닥쳤을 때 한 방에 무너지지 않고, 일어서려고 노력할 줄 알면 된다고 생각했다. 적어도 내 주변의 사람들을 보니 그랬다.

10대라면 많이 생각하고, 실컷 실패하고, 마음 놓고 울어도 되는 유일한 시기인데 도시 생활은 그럴 여유를 허락하지 않았다. 진흙 묻은 옷에 끙끙대며 누워도 아이와 늘 같이 있기를 바랐고, 그런 아빠를 부끄럽게 여기지 않았으면 했다. 혹시 아이의 꿈이 농부여도 괜찮다는 확신도 있었다. 여기저기 이력서 내다가 안 풀려서 '그냥 이거라도 하자.' 하는 농사 말고, 땀과 땅이 소중한 줄 알고 농사를 짓겠다면 이제는 적극 '빽'이 돼줄 수도 있다.

내려와서 1년 정도 아이는 힘들었다. 다른 문화와 말투와 몸짓에 적응하는 게 어른이라도 쉽지 않았을 거다. 부모로서도 걱정이 따를 수밖에 없었다. 그러던 중에 아이가 얘기했다.

"난 다른 사람도 전부 우리처럼 사는 줄 알았어."

무슨 소린가 했다.

"보니까 엄마 아빠 모두 있는 집도 그리 많지 않아. 우리가 당연한 게 아니더라고."

별 대꾸는 안 했지만 그때 많이 고마웠다.

초등학생 때 내려온 아이가 고등학생이 됐다. 학교 기숙사에 들어가 나름대로 열심히 하려고 애쓰는 모습이 안쓰럽기도 하고 다행스럽기도 하고 별 생각이 다 든다. 주말엔 좋아하는 운동 하랴, 제 방 놔두고 굳이 도서관 가서 자랴, 때론 얼굴 확인조차 힘들다. 지칠까 싶어 "힘들면 공부는 그냥 잘하는 애들한테 맡기고 넌 너 좋아하는 거 해도 돼." 했더니, "엄마 아빤 내가 스트레스 받을까 봐 걱정하는데 너무 그러지 않아도 돼. 나 이제 좀 힘들어도 괜찮아. 여태까지 실컷 놀았어." 한다. 또 고마웠다.

친구 가족이 돌아간 뒤 선재를 학교 기숙사에 데려다 주며 물었다.

"M이 부럽지 않니?" 너도 외국 나가서 공부하고 싶지 않아? 가고 싶으면 보내 줄게."

책임지지 못할 말을 늘어놨다.

"글쎄, 부러울 때도 있는데 오히려 M도 불확실한 게 많은 걸 보면 꼭 부럽진 않아. 내가 이제 외국 가야 할 이유도 별로 없고."

천만다행이었다. 그리곤 뭔가 떠올랐는지 신나서 얘기했다.

"아빠, 나 기숙사에서 혼날 뻔했는데……."

금지 사항인데 아이들과 치킨 시켜 먹으려다 사감 선생님한테 걸린 걸 다른 핑계로 잘 넘겨서 무사했다는 얘기였다. 거짓말했다고 자랑스럽게 아빠한테 말하는 걸 바보라고 해야 하나 솔직하다고 해야 하나. 조지 워싱턴 일화가 생각났다. 체리 나무 자른 걸 아버지한테 솔직하게 말해서 용서를 받았다지만, 사실 그때까지 손에 든 도끼를 보고 봐준 거라는 말도 있고, 한 목사가 지어낸 얘기인데 그 목사마저 가짜라는 얘기도 있다. 어쨌든 이 정도 솔직함도 감사할 만한 일이라 생각하고 그냥 넘어갔다.

아버지 어머니를 형이 모시고 내려와 하루 주무시고 갔다. 조카가 많이 아파서 부모님도 형도 시간 내기 어려웠을 텐데 시간을 내셨다. 꼴이 궁금하셨는지 농장으로 먼저 들르신 아버지 모습이 예전과 또 다르다. 귀가 어두운 어머니는 내가 하는 인사는 듣지도 않고 "힘들어서 어쩌니." 말씀만 하셨다. 어쨌든 반가워하며 농막으로 들어가시자고 했더니 아버지는 밭부터 둘러보셨다. 한

참 후에 농막으로 들어오신 아버지는 "아이구, 저 풀들을 저렇게 놔두면 어쩌냐. 이러면서 무슨 농사를 짓는다고……." 하신다. 농사를 아시는 분이니 잔소리가 당연하건만 "아, 냅두세요. 제가 알아서 해요. 지난달에 깎은 게 저래요." 퉁명스러운 대답이 튀어나오고 말았다. 한답시고 해도 아버지한테는 영원한 막내이고 항상 모자라 보이는 게 당연한 건데.

선재야, 아빠도 할아버지한테는 어설픈 아들이고 너도 아빠한테는 마찬가지일 거야. 외길 인생 30년이면 명인이 된다는데, 솔직히 말해서 아빠는 어른 생활만 30년인데도 아직 모자란 게 많구나. 시간이 간다고 저절로 사람이 되는 건 아닌가 보다. 생각해 보니 아빠가 해줄 수 있는 게 별로 없어. 아빠가 할아버지한테 고마워했던 것처럼 그냥 놔두는 것밖에. 그거라도 잘해 보도록 하마. 고맙다, 선재야.

오리 한 쌍이 모내기를 마친 논에 들어와 먹이를 찾고 있다.
몸은 힘들어도 마음은 편하다.
하루가 다르게 자라는 모를 바라보노라면 자식 보듯 흐뭇하다.

권산 도시에 살다가 2006년에 전남 구례로 귀촌했다. 프리랜서 디자이너가 직업이고, 지리산닷컴(www.jirisan.com)을 운영하면서 사진 찍고 글 쓰는 일도 한다.

낮은 효율, 높은 연비
그리고
농부 원유헌

시골은 원래 바람이 소식을 전하는 경우가 태반이기 때문에 누가 이사 왔고 누가 떠났다는 말들이 허공을 날아다닌다. 내가 사는 전라도 땅 구례 하고도 용방면에 신문기자 또는 사진기자 하던 사람이 '사표를 내고' 또는 '직장에서 잘리고' 내려와서 산다는 소리가 들판을 가로질러 날아다녔다.

우리 동네에서는 이런 경우 신문기자와 사진기자, 사직기자와 해직기자를 분간하는 일은 별로 중요하지 않다. 단지 '기자'라는 직업이 중요하다. 별 이변이 없는 한 그의 성 씨와 이름 뒤에는 어차피 '기자'라는 호칭이 붙어 다닐 것이다. 한번 해병은 영원한 해병이라는 막무가내 규정과 다르지 않다. 여하튼 "기자하던 사람이 시골로 내려와서 농사짓는다."라는 소리가 내 귀에 들린 것은 2012년 무렵이었을 것이다. 궁금증이나 감흥은 일어나지 않았다. 외지 것 한 명 또 늘었구나. 인연 닿으면 얼굴 볼 날 있겠구나.

구례군청에 근무하는 '공무원 K 형'이 있다. 그의 임무와 역할은 '군정기록담당'인데 쉽게 말해서 '군청찍사', 즉 사진 찍는 사람이다. 군청찍사는 '마을찍사'인 나와 가깝게 지내는 구례 사람이다. K 형은 가끔 뚜쟁이 노릇을 자청한다. 외지 것인 나에게 지역의 이런저런 사람들을 소개하곤 했다. 겨울이었을 것이다. K 형은 나에게 구례군청 공보계 회식에 참석하라는 오더를 내렸다. 소개할 사람이 있다고. 용방면으로 귀농한 한국일보 기자 출신 사람을 소개하겠다고 했다.

읍내 식당에 우리 부부가 당도했을 때 이미 음식이 테이블 위에 차려져 있었다. 익숙한 얼굴들과 인사하고 조금 늦는다는 그가 도착하기 전에 밥과 술은 시작되었다. 잠시 후 어떤 이가 식당 문을 열었다. 촌 서방 한 명이 들어섰다. 아니구나. 나는 계속 밥을 먹었다. 그런데 K 형이 일어서서 그 촌 서방을 맞이했다. 순간 살짝 당황했다. 물론 직업에 따른 외모에 관한 법적인 규정 같은 것은 존재하지 않지만, 최소한 '시골 사람' 또는 '도시 사람' 정도의 인상이나 전형성은 분명히 존재한다. 나는 당시 서울에서 시골로 내려온 지 이미 6년을 경과하고 있었던 터라 처음 만나는 사람을 보면 대략 구례 사람이다, 인근 소도시에 산다, 서울 경기 지역에서 옮겨 왔다는 정도의 판단을 했고 얼추 들어맞았다. 그런데 이 '원 기자'라는 사람은 완전히 나의 빅 데이터 밖에 존재하는 경우의 수였다.

그의 첫 인상은 3대째 구례군 용방면에 터 잡고 살고 있는 농부였다. 평소 마음 속 감동을 진솔하게 표현하는 월인정원 내 마누라의 닉네임 이 내가 말릴 틈도 없이 감상을 발표했다.

"어머, 완전 노안이세요!"

흠칫했지만 그는 이내 달관한 표정을 지었다. 당시 그는 마흔 여섯이었고 월인정원은 마흔 다섯이었다.

원유헌. 1967년생이다. 나보다 네 해 아래지만 나는 여전히 그에게 말을 편하게 못한다. 편하게 말 놓을 정도의 관계가 아니라는 것 말고도 다른 이유가 작동하는 듯하다.

나 : 원래 시골 태생입니까?

원 : 아뇨. 서울에서 살았어요.

나 : 부모님 고향이 시골이라거나…….

원 : 아뇨, 부모님도 경기도 출신이시고 일찍 서울로 올라가서 사셨죠.

나 : 그럼 평생 서울에서 사셨어요?

원 : 예.

기어코 시골 출신이라는 자백을 받아 내려던 나의 시도는 부질없는 짓이었다.

나 : 대학은……?

원 : 외댑니다.

나 : 전공이?

원 : 영어과요.

다시 나의 표정이 뜨악했던 모양이다.

원 : 대충 제 전공 이야기 하면 그런 표정 지어요.

나 : -,.- 군대는요?

원 : 한남동 헌병대서 밥했습니다.

그렇다면……, 남은 수순은 그가 과연 서울에서 기자라는 직업을 가졌던 사람인지를 확인하는 것이다. 시골 살면서 몇 번 경험했는데 서울에서 '뭐 했다'고 뻥치는 사람들도 간혹 있었기 때문이다. 그의 얼굴뿐만 아니라 그의 손은 수십 년 고생한 시커먼 솥뚜껑 이미지였다. 곰발바닥 같다고 말하고 싶었지만 그냥 침을 삼켰다. 그 투박한 손은 셔터를 누르기보다는 80년대 언론사 사진기자들이 들고 다니던 〈니콘 FM2〉로 사람을 내려칠 것 같은 이미지에 더 가까웠다. 실제 기계식 카메라의 명품 〈니콘 FM2〉로 전경들의 방패와 대적하던 기자들도 있었다. 뒤에 들은 이야기지만 원 기자도 〈니콘 D3〉로 전경을 때린 적이 있다고 한다. 역시 그의 카메라 사용법은 그랬던 것이다.

나 : 첫 직장이 한국일보였습니까?

원 : 세계일보가 첫 직장입니다. 1993년에 원서를 냈습니다.

나 : 원래 사진 찍으셨어요?

원 : 아뇨. 필름 끼울 줄도 몰랐습니다.

나 : 그런데 왜 사진기자를 지원했는지……? 세계일보 사주가 친척입니까? 문씨 아닌데…….

원 : 상대적으로 경쟁률이 낮았습니다.

나 : 그럼 사진에 대한 것은 뭘로 평가합니까? 실기 시험 같은 거라도 있었을 것 아닙니까.

원 : 신문사진은 사진 테크닉을 크게 생각하지 않더라구요. 임기응변이나 순발력을 중요시하구요.

나 : 그럼 한국일보로는 언제 옮기셨어요?

원 : 세계일보에 1년 반 근무했습니다. 1995년에 한국일보에서 제의가 왔지요. 삼풍백화점 무너졌을 때였죠.

2011년 8월까지 만 16년을 근무했단다. 청와대만 안 갔단다. 개인 의지로 부서 발령을 받지 않을 수 있는 것인지 모르겠으나 여하튼 그러했단다.

나 : 기자 생활하면서 힘든 점은 무엇이었습니까?

원 : 자꾸 가운데 이야기를 하는 일이 불편했습니다.

나 : 가운데 이야기?

원 : 중용, 중도……. 뭐 그런 식으로 말합니다. 그런 소리들은 그림을 객관적으로 보기 위한 설정이지만 신문 기사에서 남들 사이 중간 이야기라는 것은 아무 의미가 없죠. 당시 언론사라는 곳의 논조는 그랬습니다. 맥 빠지는 일이죠.

나 : 음……, 결국은 불쾌한 표현이겠지만……. 대부분의 직업이라는 것에서 90년대 중반 이후로 사명감이나 직업의식 같은 것이 있었나요? 그냥 직장 아닙니까? 월급 타는 곳.

원 : 아무리 그래도 온갖 것을 끌어다가 나는 기자라고 생각했습니다. 그래서 기자는 우기기도 하고 자기 생각도 이야기해야 한다고 생각했습니다. 그렇게 데스크에 대들기도 하고…….

2000년 초에 당시 잘나가던 신문사에서 경력직을 모집했습니다. 월급은 대략 두 배 수준으로다가. 그런데 뒤에 들었는데 아무도 지원서를 낸 사람이 없었습니다. 월급과 명함만으로 직장을 결정한 것은 아니라는 소리죠.

어쨌든 기자로서의 직업의식이나 자존심 같은 것을 품고 있었다는 말씀이다. 세상에는 이른바 '소명의식'이 강조되는 직업이 있다. 기자라는 직업도 그런 영역이다. 대한민국에서 전직 기자 한 사람을 앞에 두고 대한민국 언론의 문제점에 관한 만 마디 말을 쏟아 낼 수는 없었다.

나 : 직장은 왜 관뒀습니까?

원 : 자본주의 부적응, 도시 부적응, 조직 부적응. 저는 그런 사람인 것 같

습니다.

말인즉슨, 한국일보가 2000년경에 연봉제로 전환을 추진했다. 조선일보 급여가 부동의 탑으로 치고 올라갔을 무렵인데 그때 한국일보는 맨 아래서 2, 3등이었다. 당시 사주는 임금을 조선일보 수준의 연봉제로 전환하겠다고 선언했다. 그러나 조건이 있었다. 기자들은 퇴사 후 재입사 방식을 거칠 것을 요구했다. 그리고 노조 탈퇴도 조건으로 내세웠다. 언론사 노동조합 1호가 한국일보다. 원 기자도 입사할 당시에 기자들이 시위하는 모습을 보았다. 그 기억이 강렬하게 남아 있었다. 기자들은 거의 100% 노조원이었다.

당시 연봉 개념으로 수입은 3,500만 원 정도였다. 사측 요구에 따르면 연봉 5,000만 원 시대로 진입할 수 있었다. 원 기자는 아내 김희정 씨 전직 방송구성작가와 〈10초 토론〉을 진행했다.

아내 : 천오백 더 생겨서 하고 싶은 일이 뭐가 있을까?

남편 : 없다.

아내 : 반대로 깎이는 경우가 아니니 그냥 버티자.

원 기자와 김희정 씨의 결정은 그러했지만 다른 조합원들은 달랐다.

원 : 30%는 남을 줄 알았지요.

나 : 이하로 남았습니까?

원 : 결과적으로 3%, 6명이 노조에 남았습니다.

나 : 그런 결정 뒤에는 사람 자체가 어제와 달라지지 않습니까?

원 : 당연히 달라지죠.

나 : 인간관계에서 갈등이 많아졌겠습니다.

원 : 표면적으로 심하게 그런 일은 없었습니다.

사연과 결정에 대한 여러 가지 이야기들이 가능하겠지만 그는 입이 무거운 사람이었다. 그는 기자라는 직업이, 생산해 내는 결과물이 사람들한테 도움되는 일이 아니라고 말했다. 신문이건 신문지건 지면은 채워야 하니까.

"일이 터지면 신문 만들기 편합니다. 그러나 신문 만드는 일은 매일매일 기사를 생산하는 일입니다. 태평성대에는 기사를 기획하고 어거지도 부립니다. 사건이 발생한다기보다는 의도성을 가지고 생산합니다."

전업을 생각했다. 목수가 되고 싶었다. 한옥문화원으로 가서 한옥 목수 일을 배웠다. 노동조합 사무국장이었기 때문에 시간적 여유가 있었다. 한옥학교 2년, 생태건축 1년을 배웠다. 그러나 남의 집 짓는 일에 자신이 없었다.

"인간이 잘해서 잘된 일은 별로 없습니다. 차라리 하지 말아야 될 일을 피하는 것이 옳습니다. 남의 집 짓고 욕 얻어먹고 하잖아요. 잘못 지어서 그 집이 잘 안될 수도 있고……."

그는 나와 비슷한 생각을 품고 있었다. 나 역시 하고 싶은 일보다는 해서는 안 되는 짓을 경계하는 '방어적 실천'에 삶의 태도와 입장이 기울어 있다. 외모의 벽을 넘어 처음으로 그가 가깝게 느껴졌다. 이런 경우 대개 인생 효율效率 들인 노력과 얻은 결과의 비율은 떨어진다.

"남미, 동남아 같은 데서 공정비용 절감 이야기 있잖아요. 월급 올려 줄 테니 일 더하라는 사장 제안에, 월급은 그대로 하고 반만 출근하면 안 되냐는 대답 같은 거……. 저는 생각이 그쪽에 가까운 거 같아요."

농사로 관심을 전환했다. 〈귀농운동본부〉에서 진행하는 귀농학교도 이수했다. 전국을 많이 돌아다녔다. 개인적으로는 전북 진안을 염두에 두었다. 그러나 사람이 정착하는 일은 역시 인연이 작동한다. 부인 김희정 씨와 구례군 용방면 사림마을의 모 씨는 시골 이전에 관한 대담을 간혹 하던 사이다. 모 씨가 집안 자랑을 했다.

"우리 아버지가 이장이니까 한번 만나 봐."

그렇게 인연이 되어 2011년 초반에 구례로 왔다.

나는 시골로 옮겨 온 부부에게 꼭 자식 이야기를 묻는다. 자식 때문에 서울로 가기도 하지만 자식 때문에 시골로 옮기는 사람들도 있기 때문이다. 또는 부모들은 시골행을 원하지만 자식들 때문에 여의치 않은 경우도 흔하다.

나 : 아들이 있죠? 선재였나요? 지금 몇 학년이죠?

원 : 구례고등학교 다닙니다. 2학년이죠.

나 : 대학 간대요?

원 : 글쎄요. 일단 지금은 간다고 하네요.

아들 선재. 공동육아 방식으로 유년기를 보냈고 초등학교부터 대안학교를 다녔다. 과천자유학교청계자유발도르프학교는 12년 학제다. 6년을 마치고 구례로 내려올 때 선재는 살짝 울었다. 그러나 구례로 옮겨 온 지 5년, '나름 만족한다' 고 스스로 부모에게 이야기할 수 있을 정도로 성장했다.

나 : 주변에서 들은 소리가 있을 텐데…….

원 : 간혹 무책임한 거 아니냐는 소리를 들었죠.

대한민국에서 자식 또는 교육 문제는 대치동이나 목동을 워낙 강력한 기준으로 삼기 때문에 그 기준 밖에서 놀다 보면 '다르다' 는 이유만으로 '같은 사람들' 을 불쾌하게 만들기도 한다.

나 : 뭐라고 해도 결국 아직까지는 부모 결정이잖아요.

원 : 제 생각에 일반 학교를 다닌다는 것은……, 뻔한데 겪어라? 이건 너

무 폭력적입니다. 고등학교 졸업 후 자기 인생을 결정하는 현재 구조도 바르지 않습니다. 만약에 대학을 가야겠다면 남들보다 4, 5년 늦는다고 뒤처진 것은 아니라고 생각합니다. 왜 맨날 같은 날 같은 시절에 같은 학교를 다녀야 합니까?

만약 일반 학교를 다녔다면 그에 맞는 최선을 다했을 겁니다. 목동, 대치동에서 다녔다면 그에 맞는 노력을 했을 겁니다. 그러나 그 노력을 할 자신이 없었습니다. '미안하다' 인정했죠. 다른 것을 줄 수 있는 곳이 시골이다. 그렇게 결정한 겁니다. 언젠가 선재가 따진다면 근거와 설득력이 있어야 한다는 생각은 합니다. 자식은 손님입니다.

그는 느리고 낮게 말을 하는 스타일이다. 그러나 교육 문제에서 그는 의외로 단호한 입장과 어조로 생각의 영역을 명확히 했다. 인터뷰 중 가장 단호한 어조였다.

나 : 무섭지 않았나? 거의 전 재산 올인해서 내려온 거 맞죠?

원 : 첨에는 별 계산을 다 해봤죠. 월 3백은 되어야 하지 않나? 그러다가, 수입에 맞춰 살자로 정리가 되더라고요. 뭐 선재한테 물려줄 것도 아니고…….

월 3백이라는 그의 말 앞에서 주먹을 부르르 떨었지만 치켜들지는 못했다. 전직 기자 원유헌은 농사를 직업으로 하고 싶다고 말했다. 지금 그러하지만 앞으로도 그러하고 싶다는 것은 일종의 의지에 가깝다. 농부라는 직업은 유지하기 쉬운 직업이 아니다. 과거의 데이터와 예측 데이터 모두에서 농부를, 농사를 전망 있는 직종으로 분류하지는 않는다. 그래서 지금 농부인 원유헌의 깃발은 '나의 정체성은 농부여야 한다.' 는 것이다.

농업 소득은 연간 소득의 50퍼센트가 목표였다. 시설농사하우스나 온실가 아닌 전통적인 쌀농사와 밭농사로 장담하기 힘든 미션이다. 지금까지 3년 이상은 비교적 양호했다. 대략 연 3천만 원 정도 중 농사 수입이 55~60퍼센트 정도다. 고정 비용도 줄고 있다. 처음 3년은 수입이 없을 것이라 생각했다. '1년에 천만 원만 까먹자.' 는 것이 이들 부부의 영악한 전략이었다. 참고로 그의 농지는 논 1,300평, 밭 1,400평. 그 중 1,000평은 감, 매실, 개복숭아, 꾸지뽕, 돌배……. 월 6만 원짜리 꾸러미 스무 가구를 운영하다가 2015년 여름부터는 잠시 중단한 상태다. 농작물이 나오면 페이스북을 통해서 알리고 판매도 한다.

나는 귀농귀촌이라는 카테고리에 속하는 많은 '외지 것들' 이 일단 유기농이나 무농약을 지향하는 것을 알기에 심드렁하게 물었다.

나 : 원 기자 개인적인 농사 원칙이 있습니까?
원 : 세 가집니다. 무화학농, 비닐멀칭 반대, 사람을 고용하지 않는다.

앞에 두 가지는 보나마나 뻔한 대답이고, 세 번째 원칙에 대해서는 다시 질문을 던졌다.

나 : 사람을 고용하지 않는다?

원 : 감당의 의미도 있고 땅의 소유권에 대한 생각이기도 합니다.

나 : 근께 한 사람이 너무 많은 땅을 거시기 해불면 곤란하다 뭐 그런?

원 : 예, 대략 그런…….

나 : 그러면……, 농사라는 것이 면적과 수입이 비례하는 경우가 많은데 원 기자가 시설농사 짓는 것도 아니고 농사지어서 잘살기는 힘든 거 아닙니까?

원 : 뭐 그렇죠. 그래도 뭐……, 가족이 같이 생활하고 있고……, 연비燃費자동차가 단위 주행 거리 또는 단위 시간당 소비하는 연료의 양를 높여서 살면 됩니다.

내 이럴 줄 알았다. 나도 그러하니. 적게 먹고 적게 싸자는 시골에서 생존할 수 있는 일반적 전술이다. 합리화이기도 하고 처지가 원칙으로 변한 것이기도 하다. 물론 다른 생명체에 피해를 주지 않는다는 장점은 옵션이다. 내가 적게 가져서 네가 불편한 일 있냐?

나 : 그래도 주변에서 말들이 많지 않나요? 저는 이제 풀 문제로 잔소리하면 짜증이 나는데.

원 : 풀 문제는 주변에서 이제 짜증내기보다는 포기한 분위기죠. 세상에 없는 고추여, 세상에 없는 감자여 하고 말씀하시는 것 보면 조금씩 인정도 하시는 거 같습니다.

나 : 그렇게 감당할 수 있는 농지 면적이 몇 평인 거 같습니까?

원 : 거의 정해져 있습니다. 3, 4백 평 정도죠.

나 : 관행농에 대한 생각은 어떻습니까?

원 : 다르지만 틀린 것은 아니라고 생각합니다. 그 분들 자식한테 주는 것도 약을 하시더라고요. 자식한테 제일 귀한 거 주시잖아요. 유기농이 정답이라거나 유일하게 옳다는 생각은 없습니다. 각각의 농사에 대한 입장일 뿐입니다.

도시에서 살던 사람들이 시골로 거처를 옮기고 나서 가장 힘들어하는 것은 물론 경제가 1순위고 2순위는 이웃과의 갈등이다.

"특별하게 사람 관계로 불편한 일은 없었습니다. 원래 다를 거라 생각했어요. 봉변을 당한 경우도 없었고 덕을 봐서 살겠다는 생각도 없었죠. 기대하지 않으면 실망할 일도 없어요."

그는 시골로 이사 온 첫해 겨울에 산불 감시원 일을 했다. 나는 그 이야기를 듣고 약간 놀랐다. 겨울 농한기 산불 방재 일은 신입생들에게 배당되는 일이 아니다. 우리 동네에서 그 일은 신의 직장에 해당한다. 그가 마을에서 신뢰를 획득했다는 강력한 증거다. 쉽지 않은 일이다.

나 : 외모적으로 이질감이 없다는 장점도 있지 않았나?

원 : 뭐 처음에 마을 사람들이 기자 출신이라는 이야기를 다소 의심하긴 했습니다.

나 : 그래도 사모님이 동안이시니 별문제는 없겠죠.

원 : 그게 더 문젭니다. 딸이라고…….

나 : 아……, 부인께서 곤란하시겠습니다.

원 : 아뇨. 그 사람 뭐 별로 신경 안 씁니다. 이전에 일하던 곳에서 사람들이 '남편이 사진기자라 멋있겠다.'는 소리를 하니까 우리 마누라가 그랬대요.

- 응. 85에 67이야.

- 어머나 모델 몸매다.

- 아니. 앞에 숫자가 몸무게야.

마을의 미래, 농촌의 미래에 대해서 두런두런 이야기를 이어 갔다. '마을은 존속할 수 있을 것인가?', '과연 농업이라는 분야에 미래는 가능한가?' 따위의 다소 무거운 이야기들이었다. 불행하거나 솔직하게도 그는 나와 다르지 않은 예상을 했다.

"지금 어르신들 세상 떠나고 나면 아무래도 농사는 대규모로 재편될 수밖에 없을 겁니다. 열 사람이 짓던 농사를 한 사람이 지을 수 있는 방법이 뭐겠습니까. 늦기 전에 어르신들의 철학을 배우고 싶습니다. 이를테면 오봉댁 어머니는 꼭 2년 치 종자를 남깁니다. 만약에 대비하는 것이 평생 몸에 배어 있습니다. 어차피 농사는 재생산입니다. 사람만 사는 일이 아니라 땅도 같이 사는 일입니다. 재생산이란 결국 지속 가능성에 대한 이야깁니다. 왜 그 몬산토가 만들고 카길이 유통하는 라운드업하고 라운드업레디 있잖아요."

라운드업Roundup과 라운드업레디Roundup ready. 희극이거나 비극적인 이야기다. 라운드업은 미국 몬산토社가 개발한 모든 잡초를 죽일 수 있는 제초제 이름이고 라운드업레디는 그 제초제를 이길 수 있는 유전자 변형 콩이다. 그러니까 독약과 해독제를 같이 팔아먹는 것이다. 심지어 라운드업레디 계열 종자는 그 씨앗에서 나온 씨앗으로 재파종하는 것을 막기 위해 씨앗이 자살하도록 유전자를 조작했다는 이야기도 있다. 우리가 먹는 콩의 25퍼센트 정도는 라운드업레디 콩이다.

"처음 파종할 때 나름 결의에 찼습니다. 우리 종자로 파종하는 마지막 농부가 되고 싶었습니다."

그의 말 속에서 나는 미래를 개척하는 무한대의 능력을 가진 영웅보다는 어쩔 수 없이 산꼭대기로 큰 바위를 밀어 올리는 시지프스의 노가다를 보았다. 그리고 그가 앞서 한 말, "인간이 잘해서 잘된 일은 별로 없습니다."의 연장선을 보았다.

나 : 다른 방법은 없을까요?

원 : 내셔널트러스트National Trust 방식이 있을 겁니다. 천 평이건 한 평이건 모금이나 기금 방식으로 자금을 모집해서 땅을 사는 겁니다. 단, 앞으로 최소한 15년은 농사를 짓는다는 계약 하에 땅을 확보해야 합니

다. 뭐 여기 산수대로 마지기 당 쌀 한 가마니나 30만 원 정도를 도지로 지불하는 방법도 있을 겁니다. 농사지을 땅을 확보하고 외지 사람들이 땅을 구입하는 것을 어느 정도는 막을 수 있을 겁니다.

간혹 확인하는 일이지만, 미래가 암울하다는 전망에 동의하는 사람들은 대부분 그 암울한 전망에도 불구하고 다가올 미래를 지연시키려는 노력, 즉 '해서는 안 되는 일'에 대해서 저항한다. 그러나 장밋빛 미래를 전망하는 이들의 대부분은 해서는 안 되는 일을 끊임없이 수행한다. 몬산토와 카길 같은 회사가 꿈꾸는 미래 세상의 농업은 장밋빛일 것이다.

나 : 꿈이 있습니까?

원 : 꿈이라……. 농부로서 제 꿈은 토지개혁입니다.

나 : 헐! 그 토지개혁의 내용이 뭡니까?

원 : 경자유전입니다.

경자유전耕者有田. 농사짓는 사람이 땅을 가져야 한다는 소리 아닌가. 따라서 농지를 가질 수 없는 사람들도 정해지는 것이다.

원 기자는 대역죄를 꿈꾸고 있었다. 깊게 사귈 사람이 아니다.

다소 늦은 감이 있지만 나는 평탄한 삶을 누리고 싶다.

힘들어도 괴롭진 않아
_원유헌의 구례일기

초판 1쇄 인쇄 2018년 5월 8일 | 초판 1쇄 펴냄 2018년 5월 15일
펴낸이 박종암 | 책임편집 김태희 | 디자인 허은정
펴낸곳 도서출판 르네상스 | 출판등록 제410-3000002006-62호
주소 경기도 고양시 일산서구 중앙로 1455 대우시티프라자 715호
전화 031-916-2751 | 팩스 031-629-5347 | 전자우편 rene411@naver.com
함께하는 곳 이피에스, 두성피엔엘, 월드페이퍼, 도서유통 천리마
ISBN 978-89-90828-79-8 03810

이 도서의 국립중앙도서관 출판시도서목록(CIP)은 e-CIP 홈페이지(www.nl.go.kr/ecip)와
국가자료공동목록시스템(www.nl.go.kr/kolisnet)에서 이용하실 수 있습니다.
(CIP제어번호:CIP2018012037)